江苏省社科基金一般项目"中国现代散文审美关键词研究"（22ZWB010）

扬州大学出版基金资助

中国现代散文美学范畴

姜艳——著

社会科学文献出版社
SOCIAL SCIENCES ACADEMIC PRESS (CHINA)

目　录

绪　论

中国现代散文一开始就表现出文体上的自觉与成熟。五四新文化运动时期，知识分子追求个性解放、人格独立，无论是思想观念的传播，还是个人情感的抒发，都首先借重散文文体。学者化的文人一面打破"美文不能用白话"的文字迷障，一面广泛探索现代散文的精神、文体源头。现代散文的美学追求既有古文传统的滋养，又有西文渐进的熏染，两个重要的资源历经五四学者化的文人的创造性转化的实践，建构起了现代散文理论的基本框架。这里首先就这一框架的构成因素择要言之。

一　中国现代散文美学范畴的源流

首先稍探现代散文美学的"源"。我国是尚文的国度，散文是我国最早出现的行文体例，散文的萌芽最早可以追溯到甲骨文，早在商代就有了散文，甲骨卜辞和铜器铭文就是早期散文的代表，这时可算是现代散文的萌芽期。后来崇尚周文化的孔子有言："周监于二代，郁郁乎文哉！吾从周。"当时的"文"与政治、社会关系密切。先秦两汉时期形成了质朴自然的文风，与"文"有关的概念范畴也开始出现，并在后世得到进一步发展，如《周易》中的"道""物""意""象"；《尚书》中的"势""志"；《左传》中的"美"；《论语》中的"文""质"；《孟子》中的"气"；等等，此时虽然还处在散文审美的萌芽状态，但这些概念范畴涉及的理论领域十分广泛，在后来的文论中使用的频率也很高，有的范畴至今仍沿用，有极强的理论生命力。两汉以前是没有严格的骈散区分的，凡撰述都称"文章"。"文章"一词自古通用，沿用到后代，不管骈文、散文，都称"文章"，即使是有韵的诗赋词也照样称"文章"。扬雄的"丽"、王逸的"自慰"、郑玄的"美刺"等，也是与"文"有关的概念。

六朝时期，"文章"有所分化，一度细分为"文""笔"。"笔"出现的时期可以视作散文成为文体的"潜伏期"，刘勰就说："今之常言，有文有笔。以为无韵者笔也；有韵者文也。夫文以足言，理兼诗书，别目两名，自近代耳。"从他在《文心雕龙·总术》中的论述可以看出他是倾斜于"文"的，当时，盛行的骈文就是"文"，衰落的散文便是"笔"。除了魏晋时开始出现的"文气"外，刘勰在《文心雕龙》中还提出诸如"神思""体性""风骨""隐秀"等范畴，并将诗论中的"比兴"引进文论中，诗文之间的交融初露端倪。《文心雕龙》集文学批评之大成，标志着散文批评理论进入自觉。

唐朝后，散文地位明显上升，文体形式有了质的变化。唐代中叶发起的宏大的文体运动，更为散文创作的繁荣奠定了基础。唐宋八大家对振兴散文、引导散文审美取向起了至关重要的作用。唐代中叶，韩愈、柳宗元提倡复古，此风成为文坛的主要风尚。北宋初期文豪们提倡的"古文"，承袭了唐代古文运动对文章的称呼。韩愈所谓的"古"，正是继承秦汉，扩展了散文的艺术容量，这显然与六朝以来讲求声律、辞藻及排偶的骈文不同。古文运动影响深远持久，也对现代散文产生了深刻的影响。直到近代，仍有人称"散文"为"古文"。打着"复古"的旗号。韩愈提出最著名的范畴就是"明道""气盛"，他还提出了"不平则鸣""文从字顺"的为文主张，在当时产生很大影响。此外还有周敦颐提出的"载道"、杨时提出的"体会"、朱熹提出的"涵咏"、王夫之提出的"现量"等，都彰显了唐宋时人们对"古文"的规定性要求。

晚明小品文及清代桐城派散文的文体观念及创作实践极大地影响了现代散文文体的确立。晚明小品文，与现代散文在精神上有相通之处，影响了现代散文的理论与创作。晚明小品文虽然篇幅短小，但体裁不拘一格、纷繁复杂，含义较为丰富。晚明人不仅重视小品文的内质和精神，也开始关注小品文的文体内涵，并抽象地对小品文的审美功能加以揭示。

晚明小品文是近代理性和个性解放思潮影响下率真、任情的精神风貌的体现。晚明名士在"童心说"的基础上力倡"性灵说"，内容上主张挣脱传统道德规范，形式上要求打破已有文体范式。晚明小品文数量多、内容庞杂，作家也很多，其中最具代表性的是公安派和竟陵派。以袁宏道为首的公安派首倡"性灵说"，提出"独抒性灵，不拘格套"的主张；以钟惺、谭友夏为首的竟陵派扩大了"性灵说"的影响，主张师古与师心并重，以性灵救七子拟古之弊。

到了清代，影响最大的散文派别是桐城派。桐城派的文学理论汲取了中国传统文学批评理念、术语、命题，并有所超越，在创作上也自觉融入这些理论，创造性地运用小说笔法，起到了承上启下的作用。思想上提倡"阐道翼教",形式上力求"清真雅正",创造了诸如"义法""雅洁""神气"等一系列范畴,对散文进行美学上的探讨。特别是曾国藩对文章"阳刚"与"阴柔"风格的界定,确定了散文"阳刚"的审美取向,对后世影响颇大。

晚清时期,新文体的一个显著特点是强化了对时务论说的影响,其文言通俗化处理的语言表达也体现了古代汉语向现代语言的过渡,与现代散文有很深的语言渊源关系。

纵观古代散文史可见,散文理论的演变与散文创作的发展、散文文体变革是相互关联的。散文概念、范畴的提出,与诗歌理论的关系极为紧密,这就形成了散文与诗歌文体相互渗透的传统;古代的散文观点与政治也有极大的关联,"文以载道"成为散文的传统;此外,儒释道等主流学说、书画乐舞艺术理论甚至军事学、医学、建筑学、相术等古代文化中的范畴术语,也成为散文范畴的来源。这一方面丰富了散文理论的学术资源,另一方面也使散文理论显得庞杂无序,散文理论亟须抽象思维和逻辑分析的支持,使之成为一种具有理论高度和逻辑科学的学理。

直至五四时期现代散文才正式形成独立的文体,中国散文的审美追求方成为现实与可能。现代散文创作有以下四个背景:第一,唐宋以来散文的自然渐变;第二,为振衰起弊、普及教育、满足改革政治社会的诉求;第三,对传统散文史中"载道"传统的反对;第四,西方文化的滋养与接触。古代"文"在现代性文体转变成散文的过程中,与戏剧、小说、诗歌相比,有其彻底性。它一经问世,文体的张力空前强大,无论是叙事性的还是抒情性、议论性的,皆尽展散文文体之长,充满了生机与活力。几乎所有现代作家对散文创作都有涉足，产生的作品数量，远远超过了其他文学样式。中国现代散文不仅承担反对旧文学、创造新文学的重任，而且在与西方散文的交流借鉴中，努力开辟出自己的道路。

1917 年，刘半农在《我之文学改良观》一文中率先提出"文学散文"的概念；1918 年，傅斯年将散文与小说、诗歌、戏剧并列，把散文作为一个独立的文学部门来看待。1920 年代是现代散文的发轫期，叙事大多是围绕作家个体周遭，散文成为宣发个人思想、情感的自然通道。一些学者文人就散文文体特征提出了自己的看法，比较有代表性的有周作人的"美文"、胡适的"小品散文"、王统照的"纯散文"、鲁迅的"随笔"、胡梦华的"絮语散文"等。直至 1930 年代，散文也成为对社会进行评论的有效工具。鲁迅、周作人、林语堂、郁达夫、朱自清等都对散文的文体进行过进一步定位，确立了散文文体在戏剧、小说、诗歌之上的地位。一方面，郁达夫对现代散文最大的贡献就是对"个人的发现"的肯定和周作人对"小品文是文学发达的极致"的推崇；另一方面，鲁迅、瞿秋白等人则对闲适幽默的小品文持批评态度，力主"锋利而切实"的"投枪和匕首"——杂文，由于他们对杂文观点的提炼，再加上他们创作的身体力行，散文开始出现双水分流。到了抗战时期，一批作家暂时无暇顾及个人的体味，文学观念发生了根本性的变化，作家表现出对国家和民族命运的关心，出现了一种新的文体——报告文学。但是到了抗战后期，对作家个人生活和情感的散文抒写又开始复苏。

现代散文理论十分注重散文文体的净化独立与个人的言志抒情，并以此争得了批评空间和话语权。此时的学者文人对文学本质有了全新的阐释，他们认为文学是个体生命的一种存在方式。现代散文理论批评（文学批评）、散文美学在我国现代散文的发展进程中同时出现，与散文创作不同的是，散文理论研究一直处于摸索阶段，其间难免有很多问题产生。比如在散文批评的思维方式上多采用的是二元思维，非此即彼，缺少兼容并包的宽容与平等；主张大多散见于学者文人的序跋之中，鲜见专门的论著，显得零碎、分散；对中国古代的散文研究是以经验为主，并未上升到理论的高度，也未对其进行全新的构建；对西方以及日本的基本概念也缺乏全面的认识与把握。

梁启超提出"小说乃文学之最上乘"后，小说日渐成为中国现代文学的主导文体，由此小说理论开始成为现代文学研究关注的焦点。特别是五四前后西方文学理论的大规模引进，在中西文论思想的共同作用下，1920 年代现代散文初创之时，散文创作和理论批评就同步进行，一同成为当时最成熟的门类。当时同为散文大家的周作人、朱自清、郁达夫等都提出了富有文体意义的概念范畴。20 世纪散文批评家第一次自觉地围绕"体"所作的现代散文批评是语丝社同人对"语丝体"的讨论。当时的散文研究和创作一样，可谓热闹非凡，有周作人、林语堂的"言志说"，傅斯年、刘半农的"文学散文说"，胡梦华的"絮语散文说"，还有郁达夫的"心体说"，等等。此外林语堂对"幽默""闲适""性灵"的倡导，还有梁实秋的"文调"说的提出，等等，这些概念范畴贴近散文本体，又符合散文的内在规定性，具有作为理论应该有的归属性、自洽性、确定性和普适性，获得了学者文人的认可，进而影响了后人。但这些散文理论有明显的印象式、感想式的局限，显得较为随意而且不够深入透彻。散文大家们对一些文体尚未做深入的探究与追问，未在理论体系建构方面下功夫。

二　中国现代散文研究现状

这里所说的"中国散文研究"，其研究的对象不仅指散文创作，也包括散文理论。现代散文理论的研究伴随着散文创作和理论的兴替进行，形成了自己的话语体系，有自己的核心理论和术语。

经过新文化运动的洗礼，散文作为一种具有独立精神的文体存在，成为作家主观审美的一种成熟的代表文体。散文的现代转型，体现在以下几个方面：第一是独立地位的文类文体的建构；第二是与现代散文的内容和形式相适应的理论话语体系的建立；第三是散文的文体风格和范式的形成。现代散文研究也沿着这个思路展开运行。

现代散文作家和理论家，将研究与创作结合，思想灵动，富有才气。因此，对他们的散文理论的研究既极具意义又充满挑战。新时期中国散文理论话语的建构，始于1980年代，到1990年代末乃至21世纪才逐渐形成。起步虽晚，但自成体系，有自己的规律和优势是现代散文研究的一大特点。20世纪五六十年代，虽然散文研究较为冷落萧条，但当时萧云儒提出的"形散神不散"、杨朔等倡导的"诗化"等散文观念影响至深。1980年代，散文研究的主要工作是整理和发掘现代散文理论，研究现代散文技巧。到了1990年代，散文创作崛起以及散文观念的改变，使散文研究呈现出"众声喧哗"的热闹场面。总体上来说，新时期对散文的研究可以分为以下三个层面。

1. 作家作品研究

这是新时期散文研究的重要一翼，而且是现代文学研究的经典研究方式，其涉及面广、数量大，出现了现代散文作家作品研究或欣赏系列，有些受到争议的作家也开始进入研究视野，被重新定位阐释；研究方法也更加多样化，从社会学的批评模式上升到美学的批评模式，将哲学、美学、文化学与文艺心理学相结合，从文本的层面拓展到人学的层面，力图将现代散文拉回到文学自身，实现研究的新突破，如钱理群的《心灵的探索》《周作人论》，舒芜的《周作人概观》，王兆胜的《林语堂的文化情怀》，等等。此外，还有打破个案研究的范例，出现了以具体的散文家及其作品作为研究对象的专著，如林非的《现代六十家散文札记》，俞元桂、姚春树、汪文顶合著的《中国现代散文十六家综论》，阎豫昌的《散文名家论》，佘树森的《中国现当代散文研究》，吴周文的《散文十二家》，席扬的《知识分子的心路历程》，颜翔林的《历史与美学的对话》，等等。

2. 散文史和散文美学研究

从一般性的作家作品研究到综合性的专题研究，再到散文史的梳理、散文美学观念的形成是散文研究不断深化、成熟的必经之路。其中林非的《中国现代散文史稿》是开山之作，俞元桂主编的《中国现代散文史》史料丰富翔实，可谓奠基之作。此外还有范培松的《中国现代散文史》、傅德岷等著的《中国现代散文发展史》、汪文顶的《现代散文史论》、李晓虹的《中国当代散文审美建构》。尤其值得一提的是范培松先生的《中国散文批评史》，该书对散文名家名作作了全面的梳理，对散文的史料作了详细汇集，是一部充满个性批评色彩的论著。这本书将众多的散文大家在创作之余的一些感悟加以搜集整理，作了较为系统的研究，并对具有代表性的作家的理论加以提炼，用极为精确的词语加以概括，为范畴研究提供了一个可供借鉴的版本，在某种意义上来说，《中国散文批评史》有类似散文辞典的性质。

其间也出现了一些散文美学方面的理论著作，如《小品文和漫画》（陈望道编）、《中国现代散文理论》（余元桂主编）、《中国现代文学总书目·散文卷》（俞元桂主编）、《散文创作艺术》（佘树森）、《现代作家谈散文》（佘树森编）、《散文艺术论》（傅德岷）、《散文天地》（范培松）、《散文新思维》（刘锡庆）等。这些著作致力于对散文表现技巧方面的研究，然而其研究思维和方法大多停留在传统文章学的层面，缺乏现代批评意识的穿透。

3. 散文理论体系的建构

1990 年代后，著名的研究者有王兆胜、陈剑晖、喻大翔、黄科安、王尧、谢有顺、李晓虹、王晖、梁向阳、丁晓原、蔡江珍、周海波、李林荣、袁勇麟、曾焕鹏等。这些学院派出身的学者打破了以往散文研究的僵局，结合西方理论，从文化学、人类学、哲学、叙述学和结构主义的视域建构散文理论体系，试图阐释现代散文的"现代性"、"真实性"与"自由性"。

代表著作有王兆胜的《真诚与自由——20 世纪中国散文精神》《文学的命脉》，陈剑晖的《中国现当代散文的诗学建构》，喻大翔的《用生命拥抱文化——中华 20 世纪学者散文的文化精神》，黄科安的《现代散文的建构与阐释》《知识者的探求与言说》，梁向阳的《当代散文流变研究》，蔡江珍的《中国散文理论的现代性想象》，李林荣的《嬗变的文体：社会历史景深中的中国当代散文》，等等。这些散文研究者将西方的理论资源整合进中国的散文批评话语中，由此一来中国散文批评重作家作品评论而轻理论建构的局面有了很大的改观，但他们对散文本体特征的思考不够深入透彻，对我国传统文论现代转化的关注也不够。比如陈剑晖的《中国现当代散文的诗学建构》试图以"诗性"为核心范畴建构一套散文理论话语，是一种新的尝试。但仅用"诗性"一个范畴来描述整个散文理论体系显然是单薄了一点，更何况作者把眼光放在了对西方理论的借鉴中，对中国传统的理论传承也较少论及，这是他研究的弱点。

散文理论研究的盲点为我们进行进一步的研究提供了自由的空间。以"范畴"为切入点研究现代散文美学可以说是一项开创性的工作，为现代散文研究与现代散文理论批评提供了一个新思路、新方法。

三　本书的理论构架及研究方法

现代散文美学范畴作为与文艺学为主的交叉学科研究新视角，理论上对现当代散文研究体系的重新建构具有重大意义。本书的研究主要以五四时期以来散文创作及散文批评近三十年的创作与研究经验为视域，从中提炼了五个范畴："本真""言志""情趣""闲适""诗性"。全书共分五章。

第一章是对现代散文核心范畴"本真"的探析。新文化运动后，"自我表现"普泛地成为思想革命与文学革命的口号与思想武器。中国现代散文的成就也就在于有一个"人"的本真主体，正是这种对"人"的价值的发现与张扬，给现代散文的发展演变注入了新的活力与生机，成功地完成了散文的现代性转型。现代散文比小说、戏剧、诗歌更为明显、直接地反映作家的个性和人格主体意识，更易于对社会、人生进行真实的描摹，对人性解放进行率性的表达。由此散文成了一种直击现代人独特意识和心灵的独立文体。

第二章是对周作人、林语堂所倡导的"言志"进行解读。本真的现代思考标志着纯粹散文概念的出现，这种境界在纯粹散文中集中演绎为具有概括性的"言志"。现代散文理论的艰苦建构，始发于传统的"载道"与"言志"的争论。"言志"，首先得从"言"说的方式开始，"志"则包含观念价值及抒情两个层面。由"言志"决定了一种现代人格的体现方式，表现现代个人的情趣，中西散文的审美传统在现代文学家那里得到了创造性转化，抒情得到了融通与重塑，言志中的缘情就与情趣有关。

第三章是对第二章"缘情"研究的延伸，对"情趣"进行探究。当人们有了"人"的观念，审美这一现代的表现手段丰富之后，情趣作为主要的文学表现志趣，成了基本文学生活状态。具体来说，"情趣"在散文范畴上的表现主要有两个方面：一个是散文创作追求"超达深远的情趣"；一个是对"人生艺术化的情趣"的叙写与追求。洪亮吉的《北江诗话》提出了"性情"的美学主张。王国维吸取西学营养，突出了人的主体，提出了"境界"说。朱光潜力主的"人生的艺术化"、钟敬文所倡导的"情绪"和"智慧"、周作人提出的"风致"和"味"、朱自清树立的"清丽"审美理想、郁达夫展示的体现人的悲苦与不幸的"伤感"，都是对情趣追求的圆满而实在的答复。

第四章主要研究"闲适"。晚明小品文审美静观与西方文体中的 essay 的自由，两者结合产生了现代散文的"闲适"模式。闲适是东方学人们所受的怀柔的儒释道美学观的影响在文学中的表现。闲适美学的根髓是"以自我为中心，以闲适为格调"，格调是中心词，以幽默为基本人生态度则成了闲适的人生态度的补充和另类方式。当然，闲适文学在具体行进中因为写作客体以及价值取向的不同，也存在着诸多变体。

第五章的研究重点是"诗性"。早在现代散文发展初期，跨文体的现象就已经发生，文学家们开始追求在不同的文类中打破界限，于是便有了诗化的散文、散文诗等文体概念。诗性是检验文学的一个重要尺度，在散文领域，诗性是文人生活方式和学问态度在表现手法上的演绎。客观上，诗性散文也维护了散文在文学领域的地位，然而在现代，散文诗性之"过"，余弊也自然流露。

本书的研究以现代散文美学范畴作为研究对象，广泛汲取古今中外的理论资源，运用新的研究方法和视角，努力对现代散文理论进行深入全面的研究。综合运用心理学、社会学、文体学、政治学的跨学科研究方法，史论结合，以现代散文理论建构与现代散文批评实践为基础，注意将宏观把握与具体理论剖析统一起来，为现代散文理论建构与现代散文理论批评提供一个新思路、新方法。

本书研究的对象——现代美学范畴——涵盖批评与创作两个方面，内容繁多、内涵丰富，古代文论主要是经验性，而现代散文理论则较为分散，对散文范畴的研究是对现代散文理论的一次总概括，工作量巨大，其困难基于此，其价值也正基于此，这一切诚如现代散文美学的要素——产生、成形，整个过程丰富而又具挑战性，是在双重矛盾中前进的。

第一章

本真：中国现代散文美学的
精神基石

中国现代散文的成就在于其中有一个"人"的本真主体，正是由于这种对"人"价值的发现与张扬，散文摆脱了"文以载道"的樊篱，给现代散文的发展演变注入了新的活力与生机，成功地完成了散文的现代性转型。中国现代散文最为突出的表现就是比现代小说、戏剧、诗歌更为明显、直接地反映作家的个性和人格主体意识，更易于对社会、人生进行真实的描摹，对人性解放进行率性的表达。由此散文成了一种直击现代人独立意识和心灵的现代文体。

散文是对自由、本真人性的捕捉与表达。本真，要求作者真挚地抒写自己的思想和感情，真挚地抒写自己的内心体验和对客观事物的感悟与思考；要求作家走向自我内心世界，必须在散文中真实地"自我表现"。散文美学的发展行程中，本真的追索仍在发展，伴随现代理念的普及与深入，已经越来越处于基石的地位，出现个人化倾向较为浓厚的写作追求，由古人的"载道"彻底转向艺术为主的"性灵"。

　　本真，是现代散文文体的核心特征，对本真审美范畴的研究是散文研究理论的基础。中西方对本真观的论述历史悠久，到了现代则进一步发展演变。现代散文本真理论的内涵主要表现在写作主体的本真：自我；写作客体的本真：表现对象的真实和写作技巧的本真：无技巧上。这种本真的特性在散文的不同文本形态中表现出不同的特性。

第一节　中西文论中的本真观

　　中西方文论对于本真范畴皆有提及和论述，源远流长且方兴未艾。中国古代对于"真"及"本真"的探讨是历史的、延续的、发展的；西方对这个问题的研究则更趋向于美学和哲学层面。中西方对于本真的阐述相互作用，直至新文化运动，"自我表现"普泛地成为思想革命与文学革命的口号与思想武器。在早期社会革新者们看来，这是个必须的现代启蒙过程。这个时代必须完成的任务给散文打上了深深的烙印，人们对散文之"本真"的探索一直没有放弃和偏离；文论家们加入时代局势的需要继续在此有更深入的论述，为自我的创作和审美做铺垫。因此，梳理一下历代文论中的本真及现代有关"本真"的论述变得尤为重要。

一　中国古代文论中的本真论

　　我国有关"本真"的论述在文论中源远流长。早在三千年前，老子对于"本真"之"真"有过精辟的阐释，所谓"其中有精，其精甚真"。庄子对"本真"之"真"有过详细的论述，提出了"法天贵真"的观点。《齐物论》中说："如求得其情与不得，无益损乎其真？"庄子以"真"与"伪"相对，认为"真"乃情性使然。又在《渔父》中说："真者，精诚之至也。不精不诚，不能动人。故强哭者虽悲不哀，强怒者虽严不威，强亲者虽笑不和。真悲无声而哀，真怒未发而威，真亲未笑而和。真在内者，神动于外，是所以贵真也。……真者，所以受于天也，自然不可易也。故圣人法天贵真，不拘于俗。"[①]"真"在这里是指表里如一、内外一致之意，而作为文论，"法天贵真"要"为情而造文"，不能"为文而造情"，即是指文与情辩证统一的关系问题。也就是说，"情"（这里指人的真性情）是"文"的内在本质，而"文"是外在表现形式，只有做到"文""情"统一才是好文章。"情"先于"文"而存在，文为传情而作，依情而运，故能动人，若为文而造情，而情也不会"真"，勉而为之，只是无病呻吟。

后续的文论家也有对本真不同方面的阐释，但基本围绕"真感情""真情性"展开。其中影响最大的是孔子提出的"修辞立其诚"观点，对他"修辞立其诚"的内在含义在后世得到不同方面的解读成为后世对"真"或"本真"的理解的一个主要依据。

孔子在《周易·文言传》中说道："忠信，所以进德也；修辞立其诚，所以居业也。"大意是说忠实有信，可以增进品德，修饰言辞教令出于真情实感，可以积蓄功业。对于"修辞立其诚"的内在含义，历代都有不少的阐释。这些阐释从文论的角度来看，其中心意旨就是要求作家怀赤诚之心，真实表达

---

① 孙通海译注《庄子》，中华书局，2007，第286页。

内心的声音。

唐代李鼎祚在《周易集解》中引翟玄的话说"居三修其教令，立其诚信，民敬而从之"，是从"居三"的象征角度强调"君子"修身立业，修饰言辞需以真心为本；孔颖达则说："修辞立其诚所以居业也者，辞谓文教也，诚谓至诚也，言外以修其文教，内以敦其诚实，此所以居业也。"① 翟玄与孔颖达的解释大体相似，孔颖达以"文教"解释"辞"，已把"文"与"辞"关联起来，因此，"修辞立其诚"很大程度上是谈的文学。对于此语，后世仍不乏类似的解释，均围绕"文"展开来的，例如，"文"与"道"的关系。

宋代程颐和朱熹是理学家，视"文"为"道"服务，因此才有程颐说"正为立己之诚意"。朱熹则云："所谓修辞立其诚所以居业也……以致其实，而尤先于言语之易放而难收也，其曰修辞，岂作文之谓哉？"②朱熹认为这是一个文章本质的理论考量，他认为文章应该讲明天下义理，开发心之知识，并且力行固守，终生不渝，在理想人生的追求过程中，自然而然立德立功立言。他们是主张"文道合一"的。

金代王若虚的文论中对于"本真"之"真"有过总结性论述。他说："道家所谓真，儒家谓之曰诚……《庄子·渔父》以'精诚'解'真'，足见'诚'与'真'是同一意义。"③ 在与情感中"诚"相通的基础上，王若虚把"真"纳入了文学领

① 孔颖达：《周易正义》卷一《乾》，阮元校刻《十三经注疏》上册，中华书局，1980，第15~16页。
② 朱熹：《答巩仲至第四书》，《钦定四库全书·（晦庵集）卷六十四）》，第1145~1217页。
③ 张岱年：《中国古典哲学概念范畴要论》，《张岱年全集》第四卷，河北人民出版社，1996，第690页。

域。在他看来，"形似"是最基本的为文要求，他说："邵公济尝言：'迁史、杜诗，意不在似，故佳。'此谬妄之论也。使文章无形体邪，则不必似；若其有之，不似则不是。"① 对"不求是而求奇，真伪未知，而先论高下"的文坛怪论，王若虚极力反驳，主张作诗必当"求是"，反对一味地"求奇"，论诗要先论"真"，再辨析质量的高下，"奇"只不过是作文的手段和载体。王若虚说："夫文章唯求真是而已"②，在他看来，求"真"是第一位的。

王若虚文学批评中的求"真"，并不仅仅是作家通过文章，以自身的观察和感受作为创作的原动力反映客观实情，在他的文学理念中，"真"更是指"性情之真"，创作主体之"真"，也就是作家的真情实感，以为"哀乐之真，发乎情性"。王若虚升华到他常说的"意"，他借用舅舅周昂的话，说："吾舅周君德卿尝云：'凡文章巧于外而拙于内者，可以惊四筵而不可适独坐，可以取口称而不可得首肯。'至哉！其名言也？"③ 王若虚交友，与彭子升、王士衡、周晦之三人最为心契，才云："尝约他年为林下之游，且各为别号以自寄焉。盖予以慵夫，而子升以澹子，士衡为狂生，而晦之则放翁也。曰慵、澹、狂、放，世以为怪，而自谓其真。"④ 元初，郝经继承儒家学说中"游于艺"的观点提出了"内游"说，探讨生命意义的"内在

① 胡传志、李定乾校注《滹南遗老集校注》，辽海出版社，2006，第385页。
② 胡传志、李定乾校注《滹南遗老集校注》，辽海出版社，2006，第383页。
③ 孔颖达：《周易正义》卷一《乾》，阮元校刻《十三经注疏》上册，中华书局，1980，第425页。
④ 孔颖达：《周易正义》卷一《乾》，阮元校刻《十三经注疏》上册，中华书局，1980，第544页。

性"，因为神游的"内在性"，郝经特别强调文学创作中主体精神的自我涵养，所谓"皆自我作"，"不必求人之法以为法"。他在《答友人论文法书》一文中说"三国六朝无名家，以先秦二汉为法而不敢自为也；五季及今无名家，以唐宋为法而不敢自为也"①。

　　古文运动兴起之后，到明代后期，李贽更是大张旗鼓地提出"童心说"，在标志性文艺思想散文《童心说》一文中，李贽旗帜鲜明地指出："夫童心者，绝假童真，最初一念之本心也。"② 童心就是真心，本真是要"做真人，以及做真文"。一方面，李贽说："天下之至文，未有不出于童心焉者也"；另一方面，他又强调"追风逐电之不足，绝不在于牝牡骊黄之间……而皆不可语于天下之至文也"③。从上两引文可以看出，李贽还提出了做真文的创作方法——内容上重真实，形式上重自然。

　　与李贽交游甚繁的"三袁"也倡导对"真"的追求。李贽和"三袁"对"真"的重视，都基于对当时文人诗文忸怩作态、言不由衷，只知模仿古人诗文之形而全无其神气的反感。例如袁宏道在致好友丘坦的信中提出"大抵物真则贵，真则我不能同君面，而况古人之面貌乎？"，在《序小修诗》中说："大抵情至之语，自能感人，是谓真诗，可传也。"袁宏道晚年，尽管其文论主张与早期相比有了一些差异，但对"真"的

---

① 郝经：《陵川集》，《钦定四库全书荟要·卷二十三》，吉林出版集团有限责任公司，2005，第 424 页。
② 李贽：《童心说》，张建业主编《李贽文集》（第一卷），社会科学文献出版社，2000，第 92 页。
③ 李贽：《杂说》，张建业主编《李贽文集》（第一卷），社会科学文献出版社，2000，第 90 页。

坚持始终如一，他为方宏静文集所作的《行素园存稿引》中，依然认为文章"行世者必真，悦俗者必媚；真久必见，媚久必厌，自然之理也。古之为文者，刊华而求质，敝精神而学之，唯恐真之不及也"。"三袁"提出的性灵说也与"真"有很大关联，作文写诗要"独抒性灵，不拘格套"，"非从胸臆流出，不肯下笔"，如此才能达到"情与境会，顷刻万言"。

历代作文写诗有求内心真情实感的传统，汤显祖围绕"真"的演绎更是进了一步，提出了"主情"论。"主情"论的中心主旨就是对人给予充分的肯定和尊重，说"世总为情""人生而有情"，主张"情"的流露是无法人为休止的，应当任情自然发展，正所谓"盖声色之来，发于情性，由乎自然，是可以牵合矫强而致乎？故自然发于情性，则自然止乎礼仪，非情性之外复有礼义可止也。惟矫强乃失之，故以自然为美耳，又非于情性之外复有所谓自然而然也"。① 汤显祖的主"情"论很大程度上是晚明思潮的后世延续，不能不说是主"真"在真情流露方面的一种体现。由"本真"衍生出来的本"情"，甚至到了清末，龚自珍也提出过尊"情"说，他说："情之为物也，亦尝有意乎锄之矣。……龚子之为《长短言》何为者耶？其殆尊情者耶？情孰为尊？无住为尊，无寄为萆，无境而有境为尊，无指而有指为尊，无哀乐而有哀乐为尊。"②

清代对本真亦多有提及，如龚自珍《乙丙之际塾议第十七》："大臣者，探本真以奉君，过言有诛，矧旁饰甄言？故慎毋借言矣。"张舜徽《清人文集别录·正谊堂文集四十卷》："且

---

① 李贽：《读律肤说》，张建业主编《李贽文集》（第一卷），社会科学文献出版社，2000，第 123 页。

② 龚自珍：《龚自珍全集》，王佩铮校，上海古籍出版社，1975，第 232 页。

其所刊布儒先之书数十种，悉经删节，多失本真。"但尤其值得一提的当数在清代文坛具有巨大影响力的桐城派。

郭绍虞先生认为，"清代文论以古文家为中坚，而古文家之文论，又以'桐城派'为中坚。有清一代的古文，前前后后殆无不与桐城派发生关系。……由清代的文学史言，由清代的文学批评言，都不能不以桐城为中心"。① 桐城派绵延二百多年，集中国古代文论之大成，其文论体系尊崇程朱理学，在吸取唐宋八大家、古文理论和中国传统诗论的基础上，经过创新而建立，对前人关于"本真"的论述既有继承亦有发扬。

戴名世在《送萧端木序》中说："盖余平居为文，不好雕饰，第以为率其自然而行其无所事，文如是止矣。"② 他将"率其自然"看作文章的最高境。他认为"率其自然而行其所无事"，不仅要求在语言文字上天然去雕饰，而且认为文章的篇章结构要浑然天成，并指出这是古文写作的共同规律。他反复强调散文创作的最根本的要求是"率其自然而行其所无事"。这不仅要求文章的艺术风格要淡泊无华，更要求作家既要反映客观世界真实必然，还要忠实于作家本人内心世界的所思所想，写出自己的独特感受与真情实感，把读者带到"无所有乃其所以无所不有"的高超思想与艺术境界。

方苞特别强调文章的"雅洁"。他认为"雅洁"体现了"修辞立其诚"的本质特征，特别注重文品与人品的统一。在方苞的倡导和影响下，桐城派文人为人师表，人格独立，学行

---

① 郭绍虞：《桐城文派与其文论》，郭绍虞《中国文学批评史》，百花文艺出版社，1998，第 310 页。

② 戴名世：《送萧端木序》，《戴名世集》，王树民编校，中华书局，1986，第 135 页。

规孔孟程朱；文章宗左史韩欧，以写实代替空疏，以"雅洁"
成就传世之作；并借此宣扬自己的志向。作为桐城文人生命形
式的外化，"雅洁"积淀着他们独特的审美情趣和艺术经验，
又反映了他们的安身立命之本与人生追求体认，事实上是对
"真"注入了很深的文化内涵。

刘大櫆则更注重作家思想精神层面的修养对作文章的影响。
他说："文之不同，如其人也。"① 他强调"文如其人"，提出
了"神气"说。他认为"神"即精神，具体地说，就是作者的
心胸气质在文章中的反映，就是作家独特的个性，而"气"是
决定于"神"的。

姚鼐也十分重视作家主体意识的张扬。姚鼐认为作家的
"言贵"在"合乎天地自然之节"，而"其贵也，有全乎天者
焉，有因人而造乎天者焉"②。作家后天的努力重要的在于对客
观事物和社会生活的体悟。他认为要发挥作家的主体性，离不
开以客观的社会生活作为文学创作的源泉，今日看来这仍有相
当的现实性和进步性。

中国古代关于本真的论述，基本都是针对孔子提出"修辞
立其诚"的阐释而衍生的，但同时也都是从文学创作的角度论
述了"真"或"本真"，总括前人的观点，无外乎三方面：第
一，文章要描摹客观的真实面貌；第二，文章要反映事物的本
质，人的真性情；第三，在写作技巧上更趋于为内容服务，力
求自然天成。这些对后世研究探讨"本真"的实质与内涵有诸

---

① 刘大櫆：《〈郭昆甫时文〉序》，《刘大櫆集》，吴孟复标点，上海古籍
出版社，1990，第96页。
② 姚鼐：《敦拙堂诗集序》，《惜抱轩诗文集》，刘秀高标校，上海古籍出
版社，1992，第49页。

多启迪。

二 西方文艺论中的本真观

本真（Animism）一词来源于拉丁文 anima，亦为"生命"或者"灵魂"，象征物质与精神的完美组合。当时的人们认为万物皆有灵，且支配控制其他万事万物的自然规律和发展。某些宗教认为灵魂是可以离开形体而独立存在的，并且是不会随形体死亡而死亡的超自然存在，是人或物的一切行为的主宰。本真论也可以说是最古老的宗教实践，这种人类伊甸园式的精神体验，作为一种介于物质与精神的完美平衡，一直贯穿于西方文艺理论进展之中。

文艺复兴的初期，人文主义诞生。西方自文艺复兴时期就开始受人本主义（人文主义）思想的主导。西方中世纪，基督教成为封建社会的唯一精神支柱，文学、艺术、哲学都得遵照圣经教义。随着商品经济带来自由的主张，其优越性与禁锢情感、固守愚昧的神学的封建社会的差距对比日益加大。这时，西欧人才真正开始寻找什么是真善美。因此发生了 13 世纪末先由意大利各城市兴起，14 世纪中叶至 17 世纪初扩展到欧洲各国的思想文化运动：文艺复兴，是一场在要求恢复希腊罗马文学艺术的名义下发起的弘扬资产阶级的思想和文化的运动，正在形成中的资产阶级打出的旗号是"人文主义精神"。其核心是提出以人为中心，充分肯定人的价值和尊严，强调人是现实生活的创造者和主人。由此可见，"复兴"本身就是本真的追求，这是启蒙运动的开始，现代信念终于应运而生，本真开始趋于多样化自由等子命题酝酿而生。

文艺复兴时期法国作家，随笔的创始人，蒙田，在《尝试集》中就阐述过"自我"本真的思想。"尝试集"独辟蹊径，不避嫌疑，大谈自己，开卷即说："吾书之素材无他，即吾人也。"①（Je suis moi-meme la matiere de mon livre.）他从个性自由的原则出发，强调我研究的就是我自己。他的哲学随笔"闲话家常，抒写情怀"，他不治学，只是"漫无计划、不讲方法"地翻书；希望提供"死得其所之艺术"的哲理模式。他赞美自由、静谧与闲暇，向往优游恬适的生活，不过他表达的生活是积极的。"自我"本真之路，也是自蒙田创始之随笔的散文哲学之路。

蒙田的声名在 17 世纪已远播海外，英国培根的《散文集》就深受蒙田的影响。培根是一位理性主义者，他提出清除中世纪的经院哲学"假象"造成的错误认识与偏见。培根认为，无论是对经验主义认识论原则的奠基，还是对科学归纳法的倡导，都服从同一个目的，那就是为人类知识开辟新的道路，以便"在思想上得到真理，而在行动上得到自由"②，自由运用自己的理性，摧毁宗教神学的外在权威，自觉祛魅上帝之城的阴霾，回归现实生活世界，构成了启蒙的真实内涵。

而卢梭在政治领域更上一步，他的道德政治文论提出以人性为根本，以自然平等为生命，以多数为原则，以至善为品格，建立世俗化道德学标准，并视其为现代社会的解毒剂，从而在现代化对人类对象化的强力解构前，保守人类自身的表征和本真。卢梭说："企图把政治和道德分开来研究的人，结果是这两种东西一样也弄不明白的。"在"自然秩序中，所有人都是

---

① 蒙田：《致读者》，《蒙田随笔全集》，马振聘译，上海书店出版社，2009，第 38 页。此书中翻译与引文意思相近，原话不同。
② 培根：《新工具》，许宝骙译，商务印书馆，1984，第 117 页。

平等的"①，"在我们灵魂深处生来就有一种正义和道德的原则；尽管我们有自己的准则，但我们在判断我们和他人的行为是好或是坏的时候，都要以这个原则为依据，所以我把这个原则称为良心"②。"如果把所有的国王和哲学家都除掉的话，在人民中间也不会觉得少了什么人，而且种种事物也不会因此就变得不如从前的好。"③ "正如嗜杀的苏拉，对于不是他亲手造成的痛苦，也非常伤感；又如菲尔王亚历山大不敢去看任何悲剧的演出……但当他听到每天因执行他的命令而被处死的那么多人的呼号时，却丝毫无动于衷。"④

近代以来，西方哲学更是发展出唯主观、唯意志论等思潮。叔本华提出唯我主义的本体论，继而发展出"人生即是痛苦"的论断，他认为人在经受苦难之后转向自己的内心，就可以认识体验自己与世界在本质上的虚无性。有关哲学领域本真中自我意识的主张，德国哲学家费希特有过经典的阐释："注意你自己，把你的目光从你的周围收回来，回到你的内心，这是哲学对它的学徒所作的第一个要求。哲学所要谈的不是在你外面的东西，而只是你自己。"⑤ 尼采在他的随笔《查拉图斯特拉如是说》中，主张人的心灵的重要，指出达到生命的最根本的形式是超人；这个"超人"的随笔文本形式就是"自我"的本

---

① 卢梭：《爱弥儿》（上卷），李平沤译，人民教育出版社，1985，第1页。
② 卢梭：《爱弥儿》（下卷），李平沤译，人民教育出版社，1985，第1页。
③ 卢梭：《爱弥儿》（下卷），李平沤译，人民教育出版社，1985，第295页。
④ 卢梭：《论人类不平等的起源和基础》，李常山译，商务印书馆，1982，第101页。
⑤ 北京大学哲学系外国哲学史教研室编译《十八世纪末—十九世纪初德国哲学》，商务印书馆，1975，第183页。

真。现代以后，柏格森"直觉主义"学说，把自我的本体认定为生命的冲动，认为直觉可以超越理智，"惟一实在的东西是那活生生的、在发展中的自我"。这些都对西方包括散文在内的文学创作有着很大的影响。

与中国散文传统轻哲学长于情，遇理绕道的偏向点相对应，西方散文随笔受西方哲学系统的影响，重知性与理性，反映在社会功用上有启蒙作用。西方的散文是泛化的散文概念。法国杰出昆虫学家法布尔的著作《昆虫记》用随笔的笔调挑战了文体的界限。在此之前的人文主义者蒙田将日常生活、传统习俗、人生哲理等都理性地表达，无所不谈，突破了体裁、手法的局限。随着西方文学作品在中国的大量翻译，当时中国的青年作家借鉴了蒙田等西方文人的笔法，打开了现代散文随笔写作的开端。

西方自我论的传播输入，以强调自我主体性，契合中国传统本真论思想，从而将现代散文创作的抒发自我、表现真情的特征倾向推波助澜。西方随笔个性观念对现代散文创作与理论研究的影响最为深远，集中表现在个人的发见与欧化语言对人精神思维的影响上，这在后文还将作进一步深入阐述。

第二节　中国现代散文本真的内涵

本真是现代散文的核心范畴，本真论在现代文学的历史进程中起着极其重要的作用。新文化先驱对中西方散文创作和理论研究的既有成果进行有效的现代性转型，具体表现为写真我、说真话、抒真情。现代散文有关"本真"的范畴，大体坚持着以下三个方向。第一，写作主体追求的"真我"。第二，写作对象即客体的真实。一方面较多地关注现代社会批评、改造与探索，同时也关注作者自身情感的注入，这是社会层面上的"本真"；另一方面，一些作家力图再现人生生命的本真，用"佛"和"童年"来表现内心世界的真实，这是个人内心世界的本真。第三，努力追求纯粹艺术上的"纯散文"。这三个散文追求贯穿于现代散文整个发展过程以及当代散文的发展，且这方向性的选择被固定下来，互不制约地自我延续、发展、成熟。这是文学社会学在具体问题上的表现。尤其值得一提的是，伴随着现代个性解放运动的崛起，性别意识也得以发掘，现代女作家群的自我性别意识（可称为民国风范）也在散文中表现得愈加明显。

一 写作主体的真：真我

现代处于中外交流频繁、强烈碰撞的环境中，西方散文与哲学思潮的引介使散文的发展轨迹变得不再固定，文学逻辑成了散文运行的动力，"自我表现"成为主题，体现了散文文体的自觉。本真，成为现代散文美学范畴的起点与核心。

社会变革为散文文体的确立提供了条件，五四新文化运动倡导的新思想、新道德、新文化则为散文的本真实现提供了土壤。戏剧、小说、诗歌都以一种全新的姿态出现在现代文坛，而现代散文则因其本真的特质最鲜明地走在前列。新文化的先驱者最显著的特征就是他们身份的多重性，很多作家的创作是多方面、多层次的。在散文创作方面最明显的特质是，这些作家都试图通过散文来表达对社会生活的看法和对自己内心世界的反省，并以此来获得社会的认同和自身身份的确立。现代散文作家都试图在作品中进行"自我表现"，突出自己的个性色彩。

（一）"自我表现"

表现自我是现代散文批评的永恒主题。出自苏雪林《郁达夫及其作品》："现代文艺里'自我表现'之特多，原是当然的道理"。在现代散文创作的伊始，为顺应时代的个性解放，追求本真就开始体现在"自我表现"和文体自觉等方面。蒙田在·"Essay"一文中就已阐述过"自我"本真的思想。"自我"本真之路，是自蒙田创始随笔之后英式随笔的散文哲学之路。西方人本主义对中国散文文体发生影响，傅斯年、周作人等提倡并引进的英式随笔（essay），其最突出的精神传统是"自我表现"。

五四新文化启蒙运动催生了散文的文体革命。受中西方思想启蒙和散文创作自身发展的共同影响，具有独立品性的现代散文诞生。"自我表现"，张扬个性，抒写自我，呼唤人的觉醒和个性解放，成为现代散文创作的一个主流。散文抒写自我、弘扬个性的特质，给散文创作也提供了无比广阔的想象空间。不同文化背景、审美个性、价值趣味、生命体悟的写作主体，都可以在散文中自由地抒写心灵、张扬个性。这种"自我"个性的展示与心灵的张力，增添了散文的厚重和吸引力，使之成为展现自我本真、体悟生命感受最直接的文体。

"非有天马行空似的大精神即无大艺术的产生。"[1] 在社会经历剧烈变革，中国的散文批评界亟须对散文进行一个定位的关键时刻，鲁迅先后翻译了《苦闷的象征》和《出了象牙之

---

[1] 〔日〕厨川白村：《苦闷的象征 出了象牙之塔》，鲁迅译，人民文学出版社，1988，"引言"第4页。

塔》,为中国学界推介了一位极富个性的批评家——厨川白村。
厨川白村融合柏格森、弗洛伊德、康德等人的观点,表达了自
己对散文在弘扬个性方面的看法与主张,对中国的文坛产生了
震荡式的影响。他认为,"在 essay,比什么都紧要的要件,就
是作家将自己的个人底色浓厚地表现出来"[1]。他的文学是作家
"烧着的生命的力成为个性而发挥出来的"的结晶以及重个人、
重个性的主张一时成为经典,为中国的散文家和绝大部分散文
理论家接受。鲁迅在《摩罗诗力说》和《文化偏至论》中特别
推崇的"尊个性而张精神",周作人、林语堂对"言志"的力
推,无疑也是受其影响,对其理论的发扬与光大。

在我国现代文学评论界,"自我表现"始出于苏雪林的评
论《郁达夫及其作品》。《郁达夫及其作品》一文中,苏雪林先
是阐述自我主义本来是由个人主义发展而来,个人主义是现代
思潮的产儿,她认为,"本来自我主义是由个人主义发展而来,
个人主义原是现代思潮的产儿,而在颓废派作家的思想里,这
一色彩的反映,更为浓厚。"进而她又回归到日本文艺理论家
厨川白村引用佛朗士的"人者常将自己摆在世界的中心"来解
释"现代是什么"的论点,得出现代文艺里"自我表现"特
多,是顺理成章,理所当然的。诚然,她对郁达夫作品中的自
我表现并不持肯定态度,但不可否认的是她十分注重散文美的
细致,注重散文文笔的活泼不轻浮。她赞扬俞平伯前期散文
"细致绵密的描写":"好像昭贤寺的玉佛,雕琢工细,光润洁
白。""自我表现"在她的散文美学思想里变为唯一的完美主
义,例如,她把朱自清和俞平伯的散文作比较时就苛刻地认为,

---

① 〔日〕厨川白村:《苦闷的象征 出了象牙之塔》,鲁迅译,人民文学
出版社,1988,第 113 页。

"俞平伯较绵密而有时不免重滞，朱自清较流畅有时亦病其轻浮"。她反对散文中渗入哲理，不同意朱自清对散文中渗入哲理的看法："夹叙夹议的体制，却没有坠入理障里去，因为说得干脆，说得亲切，既不'隔靴搔痒'，又非'悬空八只脚'，这种说理，其实也是抒情的一法。"① 她对俞平伯爱渗哲学的做法认为是"作者失败的地方"② 这类苛刻的美学标准，达标者少，这正是她对现代散文本真的美学维度、思想的体现。

郁达夫在《中国新文学大系·散文二集》里道明一句话："五四运动的最大的成功，第一要算'个人'的发见。从前的人，是为君而存在，为道而存在，为父母而存在的，现在的人才晓得为自我而存在了。我若无何有乎君，道之不适于我者还算什么道，父母是我的父母；若没有我，则社会、国家、宗族等那里会有？以这一种觉醒的思想为中心，更以打破了械梏之后的文字为体用，现代的散文，就滋长起来了。"③ 这是郁达夫自己对散文创作的一个标准，也是郁达夫散文批评的精神支柱。其散文批评以"自我"本位，指出散文批评时"必须要熟悉那作者的'人'才行"④。

朱自清也提出了"表现自我"的原则概念，他说："我自己是没有什么定见的，只当时觉得要怎样写，便怎样写了。我意在表现自己，尽了自己的力便行……"⑤。他从文艺个体的

---

① 转引自《苏雪林文集》（第三卷），安徽文艺出版社，1996，第 209 页。
② 转引自《苏雪林文集》（第三卷），安徽文艺出版社，1996，第 6 页。
③ 郁达夫：《中国新文学大系·散文二集》，上海文艺出版社，1981 年影印本，上海良友图书公司 1935 年 8 月 30 日初版，第 5 页。
④ 郁达夫：《中国新文学大系·散文二集》，上海文艺出版社，1981 年影印本，上海良友图书公司 1935 年 8 月 30 日初版，第 6 页。
⑤ 朱自清：《朱自清散文选集·〈背影〉序》，百花文艺出版社，2000，第 106 页。

"本真"找到"表现自我"的依据:"一个人知道自己,总比知道别人多些,叙述自己经验,总容易切实而详密些。"他更在赞扬孙福熙的《山野掇拾》中讲过这样的话:"我本想尽量掇拾山野风味的,不知不觉地掇拾了许多掇拾者自己。""可爱的正是这个'自己',可贵的也正是这个'自己'!"① 朱自清的这一散文思想一定程度上继承了古典散文的观念,同时也借鉴了外国随笔的创作主张。朱自清的"表现自我"力戒模仿,大力宣扬表现自己,对现代散文的发展起到了积极推动的作用。

梁实秋的散文批评受西方文论的影响较大,散发出"牛油气",其散文理论与"本真"之理相似的是"文调"的概念。他说:"文调就是那个人","有一个人便有一种散文"。他主张作者像柏拉图的文调那样把散文写得"像一泓流水那样的活泼流动",他认为"文调的美纯粹是作者的性格的流露"②,说到底,"文调"就是作者"人"本身。

叶圣陶对散文中的"本真"也阐释得甚是直白,他要求作家"完全表现你们自己",必须是作者"心的独特的体相"。这正如他所说的:"我要求你们的工作完全表现你们自己,不仅是一种意见、一个主张,要是你们自己的,便是细到像游丝一样的情怀,低到像落叶的一声叹息,也要让我认得出是你们的而不是旁的人的。"③叶圣陶的"体相"可说是"自我表现"的一种评判标准,看似简单却内藏玄妙,要求苛刻。

李素伯受厨川白村的影响,也十分推崇散文小品是作者个

① 朱自清:《朱自清散文选集·〈山野掇拾〉》,百花文艺出版社,2000,第48页。
② 梁实秋:《论散文》,《新月》月刊1928年10月第1卷,第8号。
③ 叶圣陶:《读书的生活》,朱文华编《叶圣陶散文选集》,百花文艺出版社,2004,第19页。

性和人格的表现的观点："正如一切的文艺作品一样，自我表现为作品的生命，作者人性、人格的表现，尤为小品文的必要条件。"① 李素伯宣扬散文中真性情的流露，桀骜人格的表现，而且将自己的小品文与欧阳修、苏东坡的严肃论文相比较，认为散文的优势就在于能显现作者的"真面目"，极易做到"个性的流露，自我的表现"。

综上各位的说法，我们可以看出，在五四这个特定的历史语境中，由于社会思想的变革，写作主体的社会成分发生了变化，在个性的解放的大背景下，这些散文作家和理论家在确立了散文独立文体地位的同时，十分重视散文作品的自我彰显和个性的体现。将这个理论推到极致的当为以郁达夫为代表的"心体说"。

（二）心体说

郁达夫将"本真"中的"自我"发展到极致，他在《自我狂者须的儿纳》一文中声称："自我就是一切，一切都是自我。"郁达夫认为，现代散文之最大特征，是每一个作家的每一篇散文里所表现的个性，比从前任何散文都来得强。郁达夫多次表明文学作品应该是"自叙传"式，是自我表现，真诚，甚至是露骨。他秉持"自我主义"，认为散文更应该是作家的自叙形式，"现代的散文，却更是带有自叙传的色彩"。他的散文就是循着这一原则，表露自我的个人信息、癖好、思想感情，从不有意掩饰，甚至信仰乃至怪癖也可以公之于众。

郁达夫就此提出了现代散文批评的"心体说"。郁达夫基

---

① 李素伯：《小品文研究》，新中国书局，1932，第 5 页。

于对历代传统散文批评的反思和对散文文体的不同归类的自我经验式的认识，提出了自己独特的观点，认为"一篇散文的最重要的内容，第一要寻这'散文的心'"。他认为散文批评至关紧要的先是"第一要寻这'散文的心'""有了这'散文的心'后，然后方能求散文的体"①。他坚持从"心"和"体"的辩证关系来考察散文作品，这构成了他的散文"心体说"，并以此形成了其散文批评理论格局。

何为"心体说"？他又有一番自我的解释。何谓"心"？郁达夫把其界定为"作意""主题""要旨"，但又不仅仅停留在"内容"的层面，他所说的"心"还特指作家的"个性"和"个人"；何谓"体"？郁达夫解释为把"心"尽情表现出来最适当的表现形式。

在《中国新文学大系·散文二集》的序言中，他指出，现代散文与古代散文的根本区别是"个性"。"中国古代的国体组织，社团因袭，以及宗族思想等等，都是先我们之生而存在的一层固定的硬壳。这一层硬壳上的三大厚柱，叫作尊君，卫道，与孝亲，经书所教的是如此，社会所重的亦是如此，我们不说话不行事则已，若欲说话行事，就不能离反这三种教条，做文章的时候，自然更加要严守着这些古圣昔贤的明训了，这些就是从秦汉以来中国散文的内容，就是我所说的从前'散文的心'。"② 他认为现代散文成功转型的标志就是"个人"的发现，这也是五四运动最大的成功。

①　郁达夫：《中国新文学大系·散文二集》，上海文艺出版社，1981 年影印本，上海良友图书公司 1935 年 8 月 30 日初版，第 4 页。
②　郁达夫：《中国新文学大系·散文二集》，上海文艺出版社，1981 年影印本，上海良友图书公司 1935 年 8 月 30 日初版，第 4 页。

郁达夫以"个性化"思想为基点，其"心体说"对中国现代散文从"心"和"体"两个方面作了比较全面的探索与思考。郁达夫认为新文学的关键就在一个"真"字。他不仅以自己的创作践行了辞绝虚伪，赤裸裸地把他自己的心境写出来的散文理念，还运用"心体说"来进行散文批评，在散文批评中践行"自我表现"的理念，这使得他的散文批评在当时独树一帜，别具特色。他在选编《中国新文学大系·散文二集》时，便把"我"作为评判的标准："在这一集里所选的，都是我所佩服的人，而他们的文字，当然又都是我所喜欢的文字——不喜欢的就不选了。"[①] 在对散文家的创作进行批评时，郁达夫也十分注重对他们精神世界的探秘。甚至把散文家的籍贯与其散文创作结合在一起论述，并作为其散文风格形成的一个重要因素。他的散文批评更多的是一种中性的主观描述，这种远离政治的批评话语正印证他"心体说"所特别强调的散文家的"心"是一个"现在的人"的抽象符号的提法。

"心体说"提出的另一个含义就是认为现有散文的归类范畴不可取。他对《古文辞类纂》的分类提出了自己的看法，对文论里出现的把散文分为描写、叙事、论理、说明的简单划分表示不以为然，他认为散文是模糊、缠绕、难以分类的。他对"体"的看法应该说是消极的。在文心和文体的关系上，他强调"体"为"心"用，随意赋形；在文体创造和个性表现中，显然他更注重"心"所起的决定性作用。他更注重从散文的美学功能角度来考量散文的价值，不再以散文的社会价值作为标准来批评散文，从而也使得他的散文批评系统更为开放兼容，

---

① 郁达夫：《中国新文学大系·散文二集》，上海文艺出版社，1981年影印本，上海良友图书公司1935年8月30日初版，第13页。

具有可操作性。

当然，郁达夫在散文批评中推崇个性的同时，不忘对社会自然的观照。这是在他对古代散文研究后得出的主张。他注意到古代散文里很少考虑社会与自然的关联性，认为中国古代散文的倾向是"写自然就专写自然，写个人便专写个人，散文里很少人性，及社会性与自然融合在一处的；而现代散文则不同，作者处处不忘自我，也处处不忘自然与社会'一粒沙里见世界，半瓣花上说人情'"①，显然，这是郁达夫作为新文化运动中成名一代在浸润社会革新后，兼用社会学的方法研究散文的结果。但是他虽注意到散文个性与社会性的关联，但再也没有往前走一步，接下来这种关联的规律研究，并没有继续深入。

与郁达夫"心体说"散文理论类似的是胡梦华的"絮语散文"理论。胡梦华在和吴淑贞合著的《表现的鉴赏》中，单列一章，提出"絮语散文"的口号，并把其界定为"是个人的，一切都是从个人的主观发出来"②。胡梦华的散文研究更注重散文的审美功能，作者将文学性和艺术性放在一个相当重要的位置，而且十分看重写作主体和作品的关系，认为散文作品的人格力量应该倾斜于个人化、主观化。这与郁达夫的观点有同工之妙，他们都十分尊重散文作为独立的文体的重要性，表明现代散文家已经有了很强的"体"的意识，同时，他们又更偏重散文创作主体个性的张扬，主体意识的觉醒。

现代散文的"自我表现"的导师当推厨川白村，倡导个性

---

① 郁达夫：《中国新文学大系·散文二集》，上海文艺出版社，1981 年影印本，上海良友图书公司 1935 年 8 月 30 日初版，第 9 页。

② 胡梦华、吴淑贞：《表现的鉴赏》，现代书局，1928，第 44 页。

自由、人性的解放则是因为五四运动提倡弘扬个性。散文作家发现了一个"自己"，散文作品要写真人，并艺术抒情地表现真人，这是本真在写作主体方面的一个突出表现。

二　写作客体的真：现实社会的本真

除了对写作主体弘扬个性的要求之外，现代散文家对散文的选材方面也有其本真诉求。最主要的是要作家取材真实，反映急剧变化的社会现实和复杂多变的人生与复杂丰富的内心世界。五四时期可说是现代以来最具生气的时代，新旧文人发生论战，现代作家（现代散文的创作主体）有意识无意识地带了自我的标签，这个标签代表的是社会反射在个人身上出现的总和。某种意义上又可说，文学是社会学的一个组成部分，新文化运动的旺盛时期最初从旧学的营垒里走出，有"旧瓶装新酒"的独特现象。吕西安·戈德曼的论点颇能对发生在 1919 年前后的事做出解释。他认为："人类行为就是由经过其意识之中的不同因素组织而成的，并且还与社会群体有关。它的功能就是促进人类与世界的联系。"而且，吕西安·戈德曼认为，"无疑地，这些整体仅仅是相互个体关系的复杂网络，而个体心理的复杂性却源自这样的事实，这些个体都隶属于多种拥有相当成员数量的不同集团（家庭的，职业的，民族的，朋友与相识者的，社会阶级的，等等），并且这些集团中每一个都作用于他的意识，从而帮助形成一种独特的、复杂的和相对不连贯的结构；然而相反的，一旦我们研究那些隶属于同一社会集团的一大批数量充分的个人时，上属个体中的每一个所隶属的其它不同社会集体的行动便与归因于这种成员关系的各种心理因素相抵消，从而，我们又面临一个更简单，更连贯的结构"。①

散文现代性的转型首先是创作主体的现代意识的觉醒。现代散文产生于一个非常热闹的文学事件突发时期，文本内外的革新诉求，在现代散文三十年发展过程中一直不曾中断。由开始时期的新鲜与热闹，再到高潮、盛大，如何从哲学的高度去审视社会、审视人生，成为现代文学客体追求本真的真实写照。具体来说，现代散文的写作客体主要包括两个方面：一是以文研会作家群为代表，真实地描摹现代社会的激变；二是一些中青年作家对自然人生不同态度的直白表露。从表面上看似乎这两类散文主张是冲突的、龃龉的，但我们细细分析，又不难看出这是在"本真"地反映真情实感这点上，找到了共同点，相似处。

（一）社会生活的本真

对于五四，学界认为包含两个性质不同的运动：一、新文化运动；二、学生爱国反帝运动。新文化运动包含有"启蒙、救亡"两个部分，这是近代中国最中心的一环——关于社会政治问题的讨论、破解。新文化运动早期的发动者是清末的谭嗣同、严复和梁启超等人，但它的启蒙要求以及主张的全面与彻底性超过了谭、严、梁等人。我们知道，启蒙的目的在于国民性改造，是意识形态的重改，是旧传统的摧毁再建。有关社会政治问题的讨论中生出另一种行为模式：组织理想社会的群体意识，这其中出现很多典型例子。写作客体的反射影响，导致诸多"从家庭出走的个体反抗"行为模式："易卜生主义""娜

---

① 〔法〕吕西安·戈德曼：《文学社会学方法论》，段毅、牛宏宝译，工人出版社，1989，第180页。

拉出走"。当文学发展到一定阶段，就开始出现一定规模的
"群体事件"。根源于中国士大夫的"天下兴亡匹夫有责"精
神，在现代孕育出一大批具有一定群体性的街头性事件："新
潮社""女师大事件""一二·九"，乃至"新村运动"，这成
为五四散文的重要写作对象。对社会现实的真实描摹所起到的
启蒙作用从某种角度来说，就是对思想文化的批判和重构，也
是一种启蒙和教化。

现代散文发端之时，在改良主义者的认识观里，散文即已
经是变法图强、思想启蒙、广开民智、鼓吹民权的工具。为革
新中的政治摇旗呐喊，这对现代散文理论的建设以及散文理论
的本质思维方式的形成产生了非凡的影响。当革新者的一支发
展到革命者时，散文的范畴也在极端化，有关社会政治的内容
或者更激进、更率直。按吕西安·戈德曼的话说，"所有的社
会现实都是为物质事实与知识的事实同时构成的，而这些事实
也结构了研究者的意识，并且自然地暗示了各种价值判断"。①
新文体新样式的出现也就顺理当然。

梁启超是散文家，但他的散文创作绝对不是为艺术而艺术
的纯文生活，笔舌是他政治生涯的一个组成部分。他为改良事
业、社会革新摇旗呐喊、奔波，用梁启超本人的话说："吾喜
摇笔弄舌，有所议论"，归根结底是"归于政治而已"。其他一
些散文家无不如此。

李大钊的例子很能说明这个问题。现代散文文体里的一个
大项——杂文就是如此应运而生。众所周知，现代杂文是从
《新青年》的"杂感录"等诸多报纸杂志的类似栏目演化而来，

---

① 〔法〕吕西安·戈德曼：《文学社会学方法论》，段毅、牛宏宝译，工
　人出版社，1989，第 63 页。

李大钊的杂文创作可以说是最早的，早在 1913 年，他在《言治》月刊上发表政论性杂文，现可查的有《暗杀与群德》《论民权之旁落》《论官僚主义》……比如在《暗杀与群德》中，他采用了辩证思想来论述暗杀是一把双刃剑。他说："暗杀可倡于有德之群，不可倡于丧德之群。"暗杀是不得已而为之，且"引以为大不幸"。以上是对革命志士说的，而对强暴者而言，"反恃此为快心之具"，甚至会造成"暗杀之风不可长于群德堕丧之国"的后果。对于政治革命过程中当时流行的暗杀这一手段，李大钊用杂文的方式说明他持谨慎态度。如果说他早期仍带有传统思想，那么后续的思辨让他的杂文带有强烈的创新精神和革命思想，他的演说式散文《青春》《演化与进步》即是实证。这已是在散文领域上递进式进步，在内容上喷发磅礴、无拘无束。这虽然与个人气质有关，但是李大钊等人的散文实证证明现代散文文体里的这一支已走向成形。

文研会作家群在反映社会生活的本真方面作出了自己的贡献。文研会的理论家以"进化的文学""为平民的文学"作为文学理论起点，寻找到记录文学本体的个人化真实人生体验，以及在广阔的现实大文化载体里的生命体验。希望以"文学中心"寻找精神转型，通过散文个人化选择，以个人化写作从深层揭示文研会对社会现实的认同与背离，在理性和审美的互补中解决社会问题，这恰好构成了散文这种文体上的本真的完整形态。

文研会创始人之一郑振铎，提倡"为人生"文学和"血和泪"文学等文学观。他的《新文学观的建设》指出："文学是人生的自然的呼声。人类情绪的流泄于文学中的，不是以传道为目的，更不是以娱乐为目的，而是以真挚的情感来引起读者

的同情的。"① 他认为抒情散文的最高艺术境界就是抒写真情实
感。他强调以情感为中介来实现文学的功利价值。因此他的文
学观被称为"为人生的现实主义"。他认为文学要反映人生、
反映社会，这对真实性就有了更高的要求。他曾经发出这样的
感慨："难道中国文学史的园地，便永远被一班喊着'主上圣
明，臣罪当诛'的奴性的士大夫们占领着了么？难道几篇无灵
魂的随意写作的诗与散文，不妨涂抹了文学史上的好几十页的
白纸，而那许多曾经打动了无量数平民的内心，使之歌，使之
泣，使之称心的笑乐的真实的名著，反不得与之争数十百行的
篇页么？"② 他在强调编纂中国文学史要表现中国文学整个真实
面目的同时，也十分重视中国新文学要崇尚"真"的精神，文
学应该是社会现实和国民性格的写真，要真实地反映客观世界。
陈福康在《郑振铎论》中这样评价郑振铎："郑振铎医生对中
国新文学运动的贡献，首先正在于理论活动方面。或者说，他
作为一个新文学战士的资格，首先是文学理论家。"③ 这样的评
价，与他一直致力于抒情散文的思想性、知识性、艺术性三者
高度完美结合的努力是分不开的。

对于散文之"真"，鲁迅用辩证思维认真研究和探讨了如
何在散文中真实抒写真情实感的问题，他说散文"幻灭之来，
多不在假中见真，而在真中见假"④。他用"真"来反击幻灭与
虚无等 1930 年代以来流行开来的各种萎靡，"要将自己的真心
的话发表出来"。这是一种理性的散文研究方法，这一方法本

① 郑振铎：《郑振铎全集》（第三卷），花山文艺出版社，1998，第 436 页。
② 郑振铎：《郑振铎全集》（第八卷），花山文艺出版社，第 1 页。
③ 陈福康：《郑振铎论》，上海外语教育出版社，2017，第 99 页。
④ 鲁迅：《三闲集·怎样写》，《鲁迅全集》（第四卷），人民文学出版社，
　 2005，第 24 页。

身也印证了散文的本真之路。

鲁迅关于文艺的社会革命功能的见解形成于 1920 年代中期。1929 年，鲁迅曾从美学的角度对艺术与日常生活、艺术与政治的关系作了相关辩证分析。他在介绍俄国普列汉诺夫艺术观的时候，在《艺术论》的序言中说："社会人之看事物和现象，最初是从功利底观点的，到后来才移到审美底观点去。在一切人类所以为美的东西，就是于他有用——于为了生存而和自然以及别的社会人生的斗争上有着意义的东西。功用由理性而被认识，但美则凭直感底能力而被认识。享乐着美的时候，虽然几乎并不想到功用，但可由科学底分析而被发见。所以美底享乐的特殊性，即有那直接性，然而美底愉乐的根柢里，倘不伏着功用，那事物也就不见得美了。"[1] 1933 年，他在致徐懋庸的信中说："文学与社会之关系，先是它敏感的描写社会，倘有力，便又一转而影响社会，使有变革。这正如芝麻油原从芝麻打出，取以浸芝麻，就使它更油一样。"[2]

鲁迅无比熟悉社会斗争体现在文学里的技巧，他公开宣扬："无产文学，是无产阶级解放斗争底一翼。"[3] 在《二心集·"硬译"与"文学的阶级性"》中他说道："文学家虽自以为'自由'，自以为超了阶级，而无意识底地，也终受本阶级的阶级意识所支配。"[4] 他积蓄了大量社会斗争和创作实践的经验，

① 鲁迅：《二心集·〈艺术论〉译本序》，《鲁迅全集》（第四卷），人民文学出版社，2005，第 29 页。

② 鲁迅：《鲁迅书信集》上卷，《鲁迅全集》（第十二卷），人民文学出版社，2005，第 525 页。

③ 鲁迅：《二心集·对于左翼作家联盟的意见》，《鲁迅全集》（第四卷），人民文学出版社，2005，第 241 页。

④ 鲁迅：《二心集·"硬译"与"文学的阶级性"》，《鲁迅全集》（第四卷），人民文学出版社，2005，第 210 页。

希望以散文为武器，通过这武器扩大散文的范畴。1920 年代后，当鲁迅向共产主义者转变，马克思主义理论对他的散文文体的探索又起了渗透、丰富的作用，使他融会贯通，输出更鲜明的革命诉求，建立起坚毅的文艺观。他用杂文这种文体为自己的这种文艺观服务。

因此在如何运用杂文这种文体来完成改造社会的任务，同时又追求"真中见假"的本真美学追求的时候，鲁迅也提出了自己的看法。鲁迅从社会学的角度分析，指出杂文"是感应的神经，是攻守的手足"①。这个特质就决定了杂文要如"投枪""匕首"一样反映社会、剖析人生。鲁迅以杂文为武器无情地暴露敌人，与社会黑暗抗衡，本身就是一种自我人格的显示。同时，他在对杂文的致用提出要求的同时，还对杂文作者的人格提出要求。他认为："根本问题是在作者可是一个'革命人'，倘是的，则无论写的是什么事件，用的是什么材料，即都是'革命文学'。从喷泉里出来的都是水，从血管里出来的都是血。"② 同时他还对杂文的创作主体提出了严格而神圣的要求：不仅要"不怕批判自己"，"无情面地解剖我自己"，还要"以热烈的憎，向'异己'者进攻，还得以热烈的憎，向'死的说教者'抗战"③。由此可见，鲁迅在把杂文作为一种战斗武器的时候，仍然坚持杂文创作主体的人格力量对写作对象有着投射。

---

① 鲁迅：《且介亭杂文·序言》，《鲁迅全集》（第六卷），人民文学出版社，2005，第 3 页。
② 鲁迅：《而已集·革命文学》，《鲁迅全集》（第三卷），人民文学出版社，2005，第 568 页。
③ 鲁迅：《且介亭杂文二集·七论"文人相轻"——两伤》，《鲁迅全集》（第六卷），人民文学出版社，2005，第 419 页。

主张散文为社会为人民服务的作家，十分注重作家情感的本真流露，他们将散文作为致力于社会变（改）革的武器的同时，也十分强调散文作为独立文体对抒发个人情感的重要性。

（二）"自我"个性的释放

现代散文的产生发展处于一个复杂、冲突的时代，新旧文学阵营分裂、论争，一种超脱、无绪、淡淡的忧与虑、艰涩等为主导的情绪也在文体中蔓延，无声地进入了散文领域。这些散文的美学追求更空灵静寂甚至让人费解。五四初期，现代散文受中国传统小品文的影响巨大，一批如日中天的中年作家也尚未能够真正理解西方随笔的精髓和内涵的同时，一批留学派的回归以及五四自身培养起来的青年，却开始将中西方散文传统的精华吸收进现代散文的创作与理论中来，以至于连后来的鲁迅也不得不承认，五四以来"散文小品的成功，几乎在小说戏曲和诗歌之上"[1]。在这一群青年人中，较早真正理解"essay"的精髓，并且将它发挥灵活运用到创作中的人，当为英年早逝的天才——梁遇春。

梁遇春作为新文化运动中培养的一代，可以说是第一个在小品文方面做出成就的青年作家。也可以说，这是社会历史的发展必然选择了他。文史学家唐弢说："遇春好读书，且又健谈，对西洋文学造诣极深。看的驳杂，写来也便纵横自如。""就风格言，……遇春走的却是另一条路，一条快谈、纵谈、放谈的路。""我们只能把他当作一个文体家，而且即使作为文体家，跟着遇春的逝世，这条路上不久也荒芜了，很少有人循

---

① 鲁迅：《南腔北调集·小品文的危机》，《鲁迅全集》（第四卷），人民文学出版社，2005，第592页。

此作更进一步的尝试。"① 在梁遇春的笔下，人生和生命都是固定化的，他成熟、冷静和达观的审美观同时在散文中表达出来，赋予了现代散文形而上的哲理含义。

唐弢总结了梁遇春的文体特征，与西方的随笔 essay 吻合，梁遇春运用 essay 笔法到散文实践，是一个创举。他不像其他人一样把眼光放在文学是表现社会还是人生上，即他不纠结于散文"文"与"道"的关系上，他对散文的定义，是与众不同的。他认为："小品文是用轻松的文笔，随随便便地来谈人生，并没有俨然地排出冠冕堂皇的神气，所以这些漫话絮语能够分明地将作者的性格烘托出来，小品文的妙处也全在于我们能够从一个具有美好的性格的作者眼睛里去看一看人生。"② 他的定义应该说是极有见地的。第一，他道出了古代散文与现代散文之间的传承与不同。在他看来，虽说用闲散、絮语的笔调写小品文在中国历代散文是一个延续下来的传统，但这类小品文往往有一中心，作家以此展开书写，从而达到清明、灵性与精致的特点。而随笔不同，它一般都形"散"，没有具体线索，随意而连绵，似断而实连，似连而又实断，这决定了它的形式特点是"散漫"的。梁遇春以"交谈"的闲适笔法来写思维纵横、情感自由的随笔，在现代散文中显得卓尔不群。他的随笔创作初期虽有模仿、生硬和表面化的特点，但这样的散文一出现，给人耳目一新之感，且大受欢迎。

另外，唐弢所倡导的随笔文体的"散漫"，对梁遇春表达飞逸的思想非常有效。"散漫"的形式，使其散文包容量更大，

① 唐弢:《晦庵书话》，生活·读书·新知三联书店，1980，第52~53页。
② 梁遇春:《〈小品文选〉序》，中国现代文学馆编，转引自中国现代文学馆编《泪与笑》，华夏出版社，2009，第140页。

更为自由，且从容不迫，可以更加方便地表达作者的思想内涵、审美情趣和价值取向。如他在散文《人死观》中这样表达对生死的看法："只含了对生之无常同生之无意义的感慨，而对着死国里的消息并没有丝毫透露出来。"接下来，梁遇春说："我们对生既然觉得二十四分的单调同乏味，为什么不勇敢地放下一切对生的留恋的心思，深深地默想死的滋味。压下一切懦弱无用的恐怖，来对死的本体睁着细看一番。"①他的总体立意常是对人生的悲感和超越悲剧后的达观，由现实之苦到人生之苦再升华至解脱苦境构成他的基本思路。总体来说，这是某种积极意义上的充满朝气的宣扬。这种宣扬带有普遍性，还带着战斗性。

梁遇春散文中所体现的特定时代下的现代随笔的启蒙任务也大放光彩。他的散文对国人的启蒙的多方面作用具体表现为在自身追求上，人人应有自己的头脑，独立自由。

在以梁遇春为代表的散文家笔下，随笔可以体现较强的理性思辨，有悲剧力量；散文的写作需要任意挥洒、自由呈现。这也正是那个时代新青年的特点。他们的叙述夹杂议论，见解常有新意，不落窠臼，常有哲人的风采，时时开人智慧，启人心思。这种自由表达正是五四的追索，是属于文艺美层面上的本真，属于一种现代随笔散文萌生时期偏纯艺术追求的本真，这种本真在后来的散文研究中不被重视，但它确实为现代散文随笔的突破打开了窗口。

还有一部分中年作家，他们的创作虽偶带悲剧性质，但心灵铅华尽洗后，写作排斥戏剧性的冲突，他们更具修为一些，

---

① 梁遇春：《人死观》，转引自中国现代文学馆编《泪与笑》，华夏出版社，2009，第25、26页。

中国化特点更多一些，重心理，笔法中浸透着许多沉思默想。在这些中年人的美学观点里，美是这个世界的"初本"、存在；相反，丑才是对世界的异化乃至摧残。例如丰子恺就在《颜面》中说过："艺术家要在自然中看出生命，要在一草一木中发现自己，故必推广其同情心，普及一切自然，有情化一切自然。"①

丰子恺的散文属于西方 essay 体，但是与青年人的高谈阔论不同，他的随笔内敛、宁静，甚至说得上是静谧、低调的，笔调是平实、轻松、自然、趣味的，让人感觉到亲切。有人说丰子恺的文体是："在婉曲的叙述中又夹以言论，因而于素朴与隽永中含有哲理的意味。"② 丰子恺行文舒缓，随笔往往从凡常人事中发现意义，他散文作品中关键词常带有"佛""禅意"，作品时常体现出一种非常态的"禅味""道心"。

固然当时有些青年作家也谈禅意，但更多的是一笔带过，表达一个青年对世界、人生、生命的求索，并常常与性的困惑迷惘结合在一起；而中年作家就不同，冷静、达观与成熟占据着肉体与内心。这些作家，都经历了时局的动荡，深知底层生活的不易，饱尝过社会的艰难，一定程度上"佛"成为他们散文中认识世界的一个法门。它可以超脱世俗的陈规陋习，无形中成为实现更高层次的说教的手段。因为在一些人本主义者看来，人是万物主宰，世间的所有动物、植物，甚至沙泥土石都为人而在。纵观整个现代散文三十年来看，这些作家对散文写作客体选择的影响也是最为深厚的。

他们散文描写的对象还有一个就是童年本真。童年时期的

---

① 丰子恺：《颜面》，《缘缘堂》，陕西师范大学出版社，2009，第180页。
② 林非：《现代六十家散文札记》，百花文艺出版社，1983，第106页。

生活与回忆在散文随笔中发生异化，作家通过创作实现对童年的回归。这是另外一种本真，笔者称之为回归性本真。

对童心和朴实无华的美的赞赏成了这类文章极为重要的特点。丰子恺在《忆儿时》中大肆回忆童年故事：养蚕、吃蟹、钓鱼，这三个故事充满童趣，但又说："现在我仔细想觉得不好：养蚕做丝，在生计上原是幸福的，然其本身是数万的生灵的杀虐！"结尾，"安得人间也发明织藕丝的丝车，而尽赦天下的春蚕的性命！"① 作者一边在享受着童趣，一边表达自己对人生的一种感悟与忏悔，显然这是经历了世事变化的中年人才有的包容和大度。作家在表达一种豁达、向上的精神，同时又是一种个性放逐，这是美学技术，也是受外来文化影响后的一种新式的美学拓展。

三 形式技巧的本真

有了对写作主体和写作客体的本真要求，新文学前驱们在散文的形式技巧上也在寻求与之相对应的本真话语方式。散文是一种可以自由发挥、率性而为的文类，但究竟怎么写，还处在一种摸索状态中。鲁迅先生在《怎样写》中说：散文的体裁，其实是大可以随意的。不仅可以"随便"，而且"大概很杂乱"。② 可见，五四一开始散文作为一个独立部门的文体地位就已经确立。这种具有独立地位的文体的表达形式方面的探索也从未停止。

西奥多·阿多诺在《艺术与社会》一文中如此说，"艺术

① 丰子恺：《忆儿时》，《缘缘堂》，陕西师范大学出版社，2009，第32页。
② 鲁迅：《三闲集·怎样写》，《鲁迅全集》（第四卷），人民文学出版社，2005，第25页。

在其获得自由之前较之以后，从某种意义上说是一种更为直接的社会现象。自律性即艺术日益独立于社会的特性……"① 散文的发展也体现了这样的一个规律。大体来说，现代散文形式技巧方面的本真得益于开拓者文体主张的本真诉求、西方欧式语体对现代散文的语言形式和思维方式的影响以及散文文体率真特质的自然流露等三个方面。

（一）开拓者文体主张的本真诉求

中国现代散文的开拓者，从一开始就注意到了文体改革对现代散文发展的重要性，并致力于建构既符合五四自由精神又贴近散文本体的散文形式技巧系统。从最开始的梁启超，到胡适，再到陈独秀，都在为散文文体形式方面的变革与延续努力，他们散文批评为现代散文批评空间的创立提供了理论支撑。

梁启超和胡适都试图以语言作为散文进化的突破口，他们意识到，语言是表达思想情感的外在物化形式。希望通过语言的蜕变实现散文的变革，促进散文在无序中得到蜕变，使其成为文化启蒙和唤醒民众的重要工具。

梁启超不愧是一位文体"革命"专家。他掀起的包括散文革命在内的文界革命归根结底是一场语言变革。他认为，要想使中国的散文作品"其文雄放隽快"，就应该"善以欧西文思"② 入文。他这样阐述"文界革命"："文学之进化有一大关键，即由古语之文学变为俗语之文学是也。各国文学史之开展，

---

① 转引自周宪等编《当代西方艺术文化学》，北京大学出版社，1988，第289页。

② 梁启超：《夏威夷游记》，《饮冰室合集》（第7册），中华书局，1989，第191页。

靡不循此轨道。"① 从他对文界革命的提倡可以看出，他认为包括散文在内的文学革命的核心与起点是话语形式的革新，他自信满满地把"文界革命"落实到"语言革命"上，认为散文革命的关键是"由古文之文学变为俗语之文学"。为此，梁启超还独创了一种"杂以俚语、韵语及外国词汇"在一起的"新民体"来对既往的"桐城体"加以否定。梁启超把散文作为国民文化启蒙的重要工具，同时也注意到了白话对于唤醒民众的重要意义。

作为史学家，胡适清醒地认识到"散文革命"和"文学革命"应该是一个整体，他在关于文学革命的整体设计中指出，散文的革命实则就是话语的变革。他这么谈论散文的革命："文亦几遭革命矣。孔子至于秦汉，中国文体始完备……惜乎，五百余年来，半死之古文，半死之诗词，复夺此'活文学'之地位，而'半死文学'遂苟延残喘以至于今日。……文学革命何可更缓耶？何可更缓耶？"② 1917 年他发表《文学改良刍议》指出，"白话文学之为中国文学之正宗，又为将来文学必用之利器"，提倡"言文合一"③。胡适提倡白话文学，一开始将"白话"界定为古白话以及部分文言词汇。傅斯年后来则提出了重要建议：还包括口语化和欧化。这些是为了散文现代表达的需要，亦满足了散文文体作为现代启蒙的需要。

1917 年，陈独秀的《文学革命论》发表，他成为"文学革命"主将。在这场"中国文艺复兴"式的"文学革命"中还包

① 梁启超：《小说丛话》，《新小说》1903 年第七号"附录"开始连载。
② 胡适：《胡适留学日记》，《藏晖室札记》卷十二，商务印书馆，1947，第 867 页。
③ 姜义华主编《胡适学术文集·新文学运动》，中华书局，1993，第 28 页。

含语言在内的外在形式变革，具体可以概括为"三大主义"：国民文学、写实文学与社会文学。他主张，"推倒雕琢的阿谀的贵族文学，建设平易的抒情的国民文学"；"推倒陈腐的铺张的古典文学，建设新鲜的立诚的写实文学"；"推倒迂晦的艰涩的山林文学，建设明了的通俗的社会文学"。《文学革命论》里，陈独秀认为所要推倒的这三种文学都是属于阻碍新生、麻痹群众的流弊，如果不排除出文学就不能推陈出新。为了满足散文改革的这个需要，他提出了平易、新鲜、通俗的文学标准。

陈独秀既推崇解放人性、弘扬个性的抒情文学，也关注表现真实人生的写实文学，这些统称为大众的社会文学。从陈独秀的文学主张中还可看到，他对摆脱旧制度、旧文学的束缚，寻求新的思想武器，有着迫切的要求。他在《文学改良刍议·附记》中说："余恒为中国近代文学史，施（耐庵）曹（雪芹）价值远在归（有光）姚（鼐）之上。闻者成大惊疑。今得胡君之论，窃喜所见不孤。白话文学将为中国文学之正宗，余亦笃信而渴望之。吾生倘亲见其成，则大幸也①"。这与新青年运动的内容"提倡民主与科学，反对专制和愚昧、迷信，提倡新道德，反对旧道德，提倡新文学，反对旧文学"是一致的。陈独秀的文学观点发源于对自古文学特别是散文领域"文以载道"论的致命反驳。他们的观点得到了钱玄同、刘半农等人的积极响应。

（二）欧化语的逻辑本真对散文语言形式的影响

五四运动兴起之时，一大批新文学作家纷纷留学欧洲各国

---

① 陈独秀：《文学改良刍议·附记》，《新青年》1917 年第 2 期。

（如英国等），一些作家是在到了西方以后，受到了西洋语和西方文学的影响，才开始真正的文学创作。于是乎另一种语言的变化——欧化语式悄然出现。陈思和"觉得欧化不是一个语言问题，而是思维方式的问题，一种非常强烈、新颖的思维方式，是我们原来的语言不具备的。欧化思维建立在欧式语言的基础上，正是属于'五四'新文学带来的东西"，进而认为"整个'五四'新文学传统里边，拥有一部分强烈的具有先锋意识的因素，这种因素的出现，与第一次世界大战前后在法国出现的超现实主义，在意大利出现的未来主义，在德国出现的表现主义，在俄国出现的未来主义等等，几乎是同步的。'五四'同样出现了这种具有先锋性的东西"①。在新文学的发展中，欧化文化好似一股新鲜血液，已注入大量白话文学作品中，从而极大地丰富了中国文学语言的文法与句法。另外，欧化语重理性、严密的特点对散文作家的思维方式也有一定程度的影响。欧化的现代汉语重理性、文句严密、精确，其精神就是科学化、具体化、明确化，是一种逻辑的本真。"欧化"常常出现在语言理论中，而文艺美学里的"欧化"则可理解为文体的欧化。

欧化的语法对现代汉语文字的渗透和影响是广泛与深刻的。从 1930 年代起，欧化很长时间内是一个颇受诟病的形式倾向，后来的文艺美学批评更是有意无意地忽略了欧化曾为现代散文带来的巨大活力。1931 年，瞿秋白在《鬼门关以外的战争》中，用词激烈，抨击"新文学"的新式欧化白话倾向。他认为："新文学的市场，几乎完全只限于新式智识阶级——欧化的智识阶级。"他甚至这样断言五四文学："'不战不和，不人不鬼，

---

① 陈思和:《"五四"文学：在先锋性与大众化之间》，《当代文学研究资料与信息》2006 年第 2 期。

不今不古——非驴非马'的骡子文学。"①

虽然在当时欧化现象遭遇了特殊历史时期的政治困境，但不可否认的是，语言的欧化扩大了散文的艺术表现空间，使散文文体创作更加丰富，形式更加多样。语体的欧化几乎也成了大势所趋。朱光潜说："就大体说，西文的文法较严密，组织较繁复，弹性较大，适应情思曲折的力量较强。这些长处迟早必影响到中国语文。"② 郭绍虞说："大凡一种新文体之建立，必有其特殊的作风，而此特殊的作风即建筑在语句的形式上面"，"欧化，也造成新文艺的特殊作风。白话句式假使不欧化，恐怕不容易创造他文艺的生命"，"利用标点符号，可以使白话显精神；利用句式的欧化，可以使白话增变化"。③ 事实上，文学文体的欧化，使现代文学充满前所未有的生机，现代散文园地格外绚丽，是与欧化紧密相连的，欧化是现代散文文体得以确立的重要凭借。

语言学家王力先生在《现代中国语法》中，对"欧化的语法"进行了分析与分类：（1）复音词的制造；（2）主语和系词的增加；（3）句子的延长；（4）可能式，被动式，记号的欧化；（5）连接成分的欧化；（6）新代替法和新称数法；（7）新省略法、新倒装法、新语法及其他。19世纪末，汉语在语音、词汇、句法等方面开始走上欧化之路，痕迹日趋明显。在现代汉语欧化与近代散文文体皆发生裂变，在语体不断趋于浅近平易

---

① 瞿秋白：《鬼门关以外的战争》，《瞿秋白文集·文学编》（第二卷），人民文学出版社，1989，第137~169页。

② 朱光潜：《现代中国文学》，《朱光潜全集》（第十六卷），安徽教育出版社，1993，第330页。

③ 郭绍虞：《新文艺运动应走的新途径》，开明书店，1950，第83~117页。

的同时，表达方式则越来越趋向严谨。因此，白话文运动拉开帷幕之后，与其说"欧化"是引进介绍西方思想理论的需要，不如说"欧化"是现代白话文学在其他语体的夹缝中求生存的必需。对文学作品来讲，内容与形式全都统一在其独特的语言结构中，因而形式革命也就不是单纯的形式变更，而是联系着思维方式、社会心理和审美理想的转变。欧化语别具匠心的使用，既大大丰富了现代汉语的容量，提高了语言使用的密度，也意味着作家可以挥洒自如地将欧化的精神诉诸笔端。如周作人在《燕知草·跋》中说："以口语为基本，再加上欧化、古文、方言等分子杂糅调和，适当地或者奢奢地安排起来，有知识与趣味的两重的统制可造出雅致的俗语文来。"[1] 当"欧化"与文学关系日益密切，这种变化并非表现在一般语言的领域而表现在文学结构的深层突变。单从语言的内部结构对文字上的"欧化"进行描述显然是远远不够的，必须从语言结构对文学文体发展的潜在影响方面去探究语言"欧化"的意义和作用。我们可以这样认为，欧化使得现代汉语文句更加严密、精确，重理性正是西方科学化、具体化、明确化精神在语言层面和文学内在机理上的凸显。

（三）率性表现的结构本真

现代散文的行文和结构的确有些随意。现代散文几乎很少受逻辑规则的限制，行文漫话絮语一般，但这并不是说现代散文本身就缺少内在的结构方式。其实现代散文结构可以看作"关于世界的一种思维方式，……这种思维方式对结构的感知

---

① 周作人著，钟叔河编《知堂序跋》，岳麓书社，1987，第318页。

和描绘极为关注"①。散文结构的研究和对散文文本本体认识的方法和途径研究，与对现代散文本真特质的理解是一致的。

散文的结构为主题服务，为创造意境服务。从某种角度说，是人的个性解放要求的本真主题对他们的生活情境再现的需要。比如朱自清善于驾驭结构艺术，以此创造作品的意境，这是他作品经营结构的一条根本的艺术原则。对现代散文的结构美学确认，是提供认识散文文本本真特质的一个重要方面。

法国结构主义学者吕西安·戈德曼认为，结构是"所有人们的思想，感觉特征和行为的一个普遍方面"②，并强调说："在不考虑结构的意义与功能的情况下，不可能理解一个结构；这是因为当结构与它们的包容性结构，以及与人类生活相联系时，结构是功能性的。"③ 现代散文批评家对散文结构的功能研究把关注点放在创作书写的行文之势与目的指向上。他们观点的相似性就在于，普遍认同现代散文没有固定不变的结构格局，这更加有利于散文率性表达现代人格。

散文易学难工，在章法上显得较为自由散漫。鲁迅在散文创作方面提出过一个看似极为惊世骇俗的观点。他认为散文的创作："是大可以随便的，有破绽也不妨。……与其防破绽，不如忘破绽。"④ 鲁迅说这些是为了鼓励年轻作家去除不必要的

---

① 〔英〕特伦斯·霍克斯：《结构主义和符号学》，瞿铁鹏译，上海译文出版社，1987，第8页。
② 〔法〕吕西安·戈德曼：《文学社会学方法论》，段毅、牛宏宝译，工人出版社，1989，第6页。
③ 〔法〕吕西安·戈德曼：《文学社会学方法论》，段毅、牛宏宝译，工人出版社，1989，第100页。
④ 鲁迅：《三闲集·怎么写》，《鲁迅全集》（第四卷），人民文学出版社，2005，第25页。

伪装与做作，说出自己的心声，真实表达内心世界的感受，"大可以随便"看似无要求，实则要做到却很难把握。为了可操作，鲁迅提出"忘破绽"的建议。这一切，都是在强调散文创作中的本真诉求的重要性。

朱自清结合自己的创作实践，认为散文的运笔可以随便一点，他说："我所写的大抵还是散文多。既不能运用纯文学的那些规律，而又不免有话要说，便只好随便一点说着。"① 提倡散文应该"随便些"写，可以说是道出了现代散文写作的规律所在。

梁遇春将散文与诗对比，认为散文比诗"更是洒脱，更胡闹些罢!"②。他觉得一个作家费尽心思、苦思冥想写出来的东西，反不如"随随便便懒惰汉的文章""更有一种风韵"③。散文的写作往往是信手拈来、随便轻松的，形式上是"洒脱"的，这种更便于作者情感的表达，更清晰地将作者的"性格"显现出来。应该说他的观点与古代散文的"随物赋形"是一脉相承的。

众多散文理论家借鉴中国古代文论"随意赋形"的文学理论，主张散文创作行文的自然进行，并可按照作者内心的本真感悟为线索来架构。李素伯甚至认为："不需要结构，也无所谓因果关系，只是不经意地抒写着个人所经验感受的一切。"④

---

① 朱自清：《朱自清散文选集》，百花文艺出版社，2000，第 105 页。
② 梁遇春：《〈小品文〉序》，转引自中国现代文学馆编《泪与笑》，华夏出版社，2009，第 140 页。
③ 梁遇春：《春醪集·醉中梦话一》，中国现代文学馆编《泪与笑》，华夏出版社，2009，第 11 页。
④ 李素伯：《什么是小品文》，佘树森编《现代作家谈散文》，百花文艺出版社，1986，第 67 页。

林语堂则用形象的比喻来说明散文行文的灵活自由，他说："作文只需顺势，如一条小河不慌不忙，依地势之高下，蜿蜒曲折，而一弯溪水妙景，遂于无意中得之。"

在散文结构的本真功能是为率性表现问题上，李广田的表述也是十分形象生动的，同时也较为完整具体，他认为：散文与诗的圆满完整和小说的严密不一样，可以"……很像一条河流，它顺了壑谷，避了丘陵，凡可以流处它都流，而流来流去却还是归入大海，就像一个人随意散步一样，散步完了，于是回到家里去"。也就是说，这种看似松散的结构的内在要求其实还是十分严格的，他要求在随意自由的外形下赋予散文更多内在的规定性，因此他补充说明："不过话又说回来，散文既然是'文'，它不能散到漫天遍地的样子，就是一条河，它还有两岸，还有源头与回归之处，文章当然也是如此。所以，我宁愿告诉你，好的散文，它的本质是散的，但也须有诗的圆满，完整如珍珠，也具有小说的严密，紧凑如建筑。"①

由此我们不难发现，现代散文批评家在强调散文创作的自由、技巧的灵活、结构的松散的同时，都是为散文自我的表现、个性的释放、真情实感的抒写服务的。在散文文体确立与发展的过程中，两者形成一种互动互利的关系，推动现代散文向本真美学层次的进行。

第三节　性别意识的发现：女性本真的呈现

本真本身是一个宽泛的概念，在整个现代文学体系中都具

---

① 李广田：《谈散文》，《李广田文集》，山东文艺出版社，1983，第 20 页。

有纲领性的作用。再具体到散文这个特定的文体范围内，又因时局的要求以及时代环境的影响，"本真"也就呈现出不同方向的审美特质。现代是一个性别解放的特殊年代，女性写作随着女性解放运动应运而生。事实上，女性散文的成就也远在女性小说写作上，研究现代女性散文的本真也成为必要课题。

这种新的美学模式因性别解放的诞生，作为一种性别主体文体的女性散文与女性小说第一次进入文学史。一方面散文以个人化情感的自觉流露异常符合女性的心理特点，女性散文自然带有女性特有的自然的瑰丽性别色彩和细腻美学方式；另一方面，女作家群的叛逆与其风格中反映的自我性别意识（可称为民国风范）的表现也尤为值得注意。这两者共同构成女性散文创作本真诉求的重要内容，这是受时代环境的很大影响，在当代文学也一直延续的一种特殊的本真。

女性意识和女性解放观念渐入人心是新文化运动以后，女性——作为历史盲点开始解密，昭示着女性个体命运巨变和性别精神的觉醒。被压制状态的女性面临更多的复杂问题，独立人格和主体意识的建立颇为艰难，反射在散文的方面亦是如此。西方女性主体意识的觉醒是自下而上，中国女性主体意识的觉醒则是自上而下。女性解放运动不是孤立的革命运动，而是和社会革命联系在一起，是社会革命的子系统。

女性散文审美与散文革命休戚相关，在现代有关"人性的觉醒"的浪潮中，女性性别意识也有所觉醒，虽然现代社会文化还没有为女性建立起一套真正独立的反传统语汇系统，但毕竟性别写作第一次进入中国社会生活文化环境，这本身就值得探讨。

现代女性主体意识集中体现在"女人也是人"的觉醒层面

上，超越两千年的封建传统文化对第二性的压制（值得注意的是，仍是由男性价值标准来衡定的，非建立起一套属于女性自我的价值评判系统），人性解放表现出由他者、次性身份到作为人的主体性诉求。婚姻家庭问题是现代女性解放的核心问题，叛出"男门"（父门、夫门）拒绝婚姻为主要手段。正如有的学者所说："'五四'以来的中国女性是从叛离家庭、叛离父亲始，才作为一个精神性别出现在历史地表的。"①

最先接触社会先进文化的女作家们可以称作叛逆一群，她们以对社会担当的思考证明"我是和你（男性）一样的人"，以讨论社会问题的"问题文学"登上文坛。这可以称之为言说的在场，如梁华兰在《女子教育》一文中说："吾国不欲立国则已，否则此后之大问题，女子教育必其一，可断言也！""女子问题之大解决"。② 在自觉表现女性生活的文本里，对女性自身身份、定位、权利和责任等问题的思考上，女作家们很快将目光投向了与新家庭相关的问题上。其实质是新的"贤母良妻主义"，典型者如陈钱爱琛在《贤母氏与中国前途之关系》一文中陈述："今者我中华民国于此外忧内患纷纷之日……非有优秀伟大之国民为后者，其能立足于二十世纪之地球乎？故徒曰开矿办实业与工艺、严国防者，实一时治标之策耳，然则贤母氏为我国今日最急之物，可毋疑义。"③

现代散文女性写作初期，对"个性解放""女子解放"的倡导还只是一种时尚，而没有变成一种改变生活的动力，虽启

① 孟悦，戴锦华：《浮出历史地表》，北京大学出版社，2018，第280页。
② 梁华兰：《女子教育》，《新青年》3卷1号，1917年3月1日。
③ 陈钱爱琛：《贤母氏与中国前途之关系》，《新青年》2卷6号，1917年2月1日。

蒙了女性意识，但并没有形成最终导向。这根本上说有一定的阶级原因，受家庭出生的影响，文化女性最先接触的是现代启蒙意识方面的灌输。她们大都出身于社会上层的开明人士家庭，受渐进式改良之路的影响，是代表着从封建阶级向资产阶级的转型，但绝没有到社会革命层次。社会整体结构不变的情况下，她们对职业女性的身份和对"贤母良妻"的认同处于现代身份与传统角色之间的过渡文化状态。

现代女性散文作为女性主体文体，国内一般的观点是，现代女作家在这浸淫着强烈的女权意识和追求的性别文本里，真实展示了女性从被塑到自塑，从安命、怨命到造命，从传统女性意识到现代女性意识的精神成长历程和试图把握自身命运的努力。这种一蹴而成的休克式说法，并不十分科学，应该说现代女性意识觉醒体现在散文文本里是渐进式的，本节着力探讨的是这种现代性别意识启蒙了女人们的自主意识，且初期没有对她们的生活形成最终的导向，但随着时代的推移与女性意识的增强，这种植入脑子中的理念却越来越强烈，自我之风也日益彰显。

女性作家群里，最早打破这种缄默状态、以个性化文学文本来构建自我方式的是陈衡哲。其他现代早期女作家冰心、凌叔华、林徽因、苏雪林、庐隐、白薇、丁玲、萧红等人的散文文体表现中，我们也能明显地看到女性作家的反叛精神，还都是为女性意识启蒙的美好性服务的，激发女性们按照自我意愿生活，在社会上实现自我人生价值的渴望。但这也存在一种不可调和的矛盾——传统的女性角色定位与个体人生价值的追求之间的矛盾。只有这个矛盾是由于具体家庭环境导致，才有极个别的女性真正敢于走出一条叛逆到底的道路。事实上绝大多数女性还是沿着传统的路子进行。

　　陈衡哲由最先的激进的独身主义者到与胡适的自由交往，再到回归到现实中的婚姻与任鸿隽结成伉俪，结合她文本中对"母职"的推崇，似乎也能说明一种隐情。她对散文文体的宣扬也是："我的作品也是不愿承受什么规矩绳墨的测验的。我把他们公世的唯一理由，是我写作他们时的情感的至诚，与思想的纯真。"①

　　司马长风说陈衡哲的散文创作"善于写景物，也善于谈人论事，议论风发，其活泼幽默可与较后的两大散文家梁实秋、钱钟书互相竞耀"②。毕业于芝加哥大学的陈衡哲绝对称不上传统守旧的人，她被胡适称为新文学"最早的同志"，但陈衡哲又选择了性别给女性这一角色自然安排的回归，她说女性"应受训练的职业中，最重要的当然是母职了。此话初看上去似乎很顽旧，似乎又回到那个陈旧不堪的贤母良妻的路上去。但我是从来不曾鄙弃过这条路的，虽然我不承认那是妇女生命的唯一道路。因为我深信，女子不做母妻则已，既做了母妻，便应该尽力去做一个贤母，一个良妻。假使一个女子在结婚之后，连这一层也做不到，那么我想她还不如把对其他一切事业的野心都放弃了，干脆做一个社会上的装饰品罢，所以我说母职是大多数女子的基本职业"③。

　　女作家冰心，她的人生顺遂，家庭幸福。她讲叙母亲的传统美德："她一生多病，而身体上的疾病，并不曾影响她心灵

---

① 盛英主编《二十世纪中国女性文学史》（上卷），天津人民出版社，1995，第 58 页。
② 司马长风：《中国新文学史》（中卷），昭明出版社，1975，第 142 页。
③ 陈衡哲：《妇女与职业：补救的方法》，《衡哲散文集》，河北教育出版社，1994，第 112 页。

的健康。她一生好静，而她常是她周围一切欢笑与热闹的发动者。她不曾进过私塾或学校，而她能欣赏旧文学，接受新思想，她一生没有过多余的财产，而她能急人之急，周老济贫。她在家是个娇生惯养的独女，而嫁后在三四十口的大家庭中，能敬上怜下，得每一个人的敬爱。在家庭布置上，她喜欢整齐精美，而精美中并不显出骄奢。在家人衣着上，她喜欢素淡质朴，而质朴里并不显出寒酸。她对子女婢仆，从没有过疾言厉色，而一家人都翕然的敬重她的言词。她一生在我们中间，真如父亲所说的，是'清风入座，明月当头'，这是何等有修养，能包容的伟大的人格呵！"① 在冰心的笔下，"母亲"是贤良淑德的传统女性，身体的疾病并没有影响她美丽的心灵。女作家凌叔华出生于大户，属于五四时期接受新思想，以新眼光审视周遭世界的女性作家之一，最终也选择了爱情婚姻。

现代女作家中，庐隐、白薇、丁玲、萧红等人都有奋力摆脱"男门"追求自由生活的叛逆经历，但在走出传统"男门"的阴影后，白薇、萧红又遭受新青年的抛弃，庐隐和石评梅都因恋人已有发妻而内心挣扎斗争。一方面，她们内心要承担破坏别人家庭的道德压力；另一方面，处于新旧交替的时代，在同情旧式妻子的同时也对自身是新女性的这种尴尬处境感到无奈。最终这些新女性的选择也是分流的，有遵从自我选择的，例如庐隐与郭梦良最后结为夫妇，也有如石评梅始终拒绝着高君宇，以致成了现代散文史上一个凄婉的情节的。

最后，散文作为最大化的个人性文体，比起其他文体在描叙现实生活和自我方面更具有优势。随着个性化、自我化这些

---

① 冰心：《再寄小读者（通讯三）》，《冰心全集》（第三卷），海峡文艺出版社，1994，第251~252页。

本真的被放大、被解放，现代女作家的散文的个人艺术特质也得到张扬而变得丰富多彩，更像艺术作品，第一次出现了女性文体瑰丽、冷艳等性别安排的艺术特色，美学上处于一种人的自然、本真回归的状态，给散文文体和审美范畴提供了女性视角的新方向。

女性作家们已逐渐摆脱社会、传统对女性角色的束缚，文本层面上的对社会与传统文化上的顾虑消失，在散文的文体驾驭上与男性作家并驾齐驱，风格的自然回归，最终形成现代散文史上一个有承袭且具自我风格的独特庞大的女性散文群，陈衡哲、冰心、凌叔华、林徽因、苏雪林、庐隐、白薇、丁玲、萧红都是女性散文作家中的典型代表。

作为现代文学史上女作家的代表萧红，紧抓寂寞与贫穷两大文学主题，她的自传体散文创作与她的小说一样具有翻越时空的穿透力，可与当时的任何一位男作家抗衡；冰心秉持"爱的哲学"，她的散文着重审美上的清丽，语言上用讲究语言的恬然、音韵美和色彩美；丁玲、白薇的散文较多地参与了社会历史改造进程，散文作品作为女性意识觉醒后在社会层面上的成果，体现了现代女性对社会改造参与中一员的作用；庐隐却在"恨的哲学"影响下，执着于对美的追求，她的散文虽偶有轻松愉快之作，但遣词多悲情哀婉；石评梅的散文在浓郁的诗情下长于主客观的融合，富有表现的张力，有独特的艺术境界；而到了现代散文后期，出现在上海孤岛的张爱玲的散文则是俗世浮华与天才灵异的杂糅体。这些现代女性散文作家影响力巨大，对后续特别是对改革开放后的女作家影响深远。这些现代女性作家的散文无论个人风格还是思想，虽早期创作未免有千人一面之嫌，但这些女作家风格成熟后的文本发挥，其散文风貌呈现多样趋势，风格自成一体。

以上算是一种普遍模式对散文文体形成的影响，但并不是没有极端个案。吕碧城的散文形成"绛帏独拥人争羡，到处咸推吕碧城"的景观，她却说，"生平可称许之男子不多"。苏雪林，1930 年代初就已被阿英称为"女性作家中最优秀的散文作者"，在散文《岛居漫兴·十七》中描摹了一幅理想化的家庭静态画，却笔锋一转，声称"家庭果然能够给人以快乐与安适，但那油盐柴米的琐碎，那男女庸仆的驾驭，那宾客亲戚的款待，还有家庭里一切说不尽麻烦事，想来常会教我眉头起皱。倘使我不可避免地有个家，我愿意做个养家的男人，而不愿做司家的主妇"①。苏雪林的反叛走得比较彻底，她转述一个独身多年的女性朋友的做法："找个女友同住，这女友须具有贤惠、忠实、能干，对人又极细心熨贴的主妇资格，既能像慈母一般爱抚她，又能像良妻一般顺从她。她把整个的家交给她而不愁她有外心。她在社会上受了刺激在她身上发泄发泄，而她能不记恨，能不出怨言。"

因此，本节需要澄清与说明的是：现代文学史中的女作家群的散文美学革新，体现的是一条妥协的渐进路线，在故步自封铁桶般的传统前，一种轻度叛逆精神始终作为指导，例如出身家庭条件良好的陈衡哲、冰心。对于中国女性来说，因为性别群体受教育广度不大和受强大的传统文化压制等问题，差不多整个现代早期仍处于启蒙和逐渐苏醒状态。大概从现代中期开始，一部分出自社会底层家庭的女作家往逃亡、反叛之路走向的成功案例陡然增多，整体而言，这种叛逆之路让她们的个

---

① 苏雪林：《岛居漫兴》，《绿天》，群众出版社，1999，第 124~125 页。

性化、自我化在散文领域得到更大程度的抒发，提供了散文文体的本真得以更大拓展的可能。但是，在反叛背后，一定程度上也有对自然性别的回归，文本中也常出现借助"新家庭"之想象来开展对女性性别认同探讨的现象。

第二章
言志：中国现代散文美学的
个体本位

　　历史没有为现代散文创作及批评准备现成的范本，也没有给散文批评家足够的时间来进行详细周密的调查和研究。好在现代散文作家大多身兼创作和批评之职，他们一手进行散文实践，一手进行散文批评理性的思考，对散文美学进行过艰苦深入的研究和建构，两类工作同步进行，显示了现代散文批评整个过程的理论自觉和美学高度。

　　确立散文本真这一核心范畴，就是坚持散文以"自我"为中心，着力表现自我，描写人性，突出个人经验对散文创作和散文批评的重要性。于是，在现代散文美学批评过程中，一批以推崇"言志"来反对既往"文以载道"的文统的散文家，经历了萌芽、准备、转型、成熟、延续等各个时期，形成了影响至深的言志派。现代散文言志说首先由周作人、林语堂提出，响应者有俞平伯、梁遇春、胡梦华、钟敬文、梁实秋等人。

第一节　言志传统

我国古代对于文学的言志任务主要落实在诗歌体裁上，所谓"诗言志，歌永言"。古代散文是小品文和非文学文章的混合体，文体模糊，内涵外延都具有模糊性。这种文体混合，从历史发展来看，导致两个后果：一，模糊了散文的文体性质、美学个性；二，责任超负荷，历代统治者对它的介入，是立言传道，虽然某种层面来说，立言布道也是"志"，但因古代散文宣扬的"道"强调的是整体性，缺乏个人特征，所以这无形中泯灭了作者的个性。应该说言志范畴的产生与本真范畴的核心地位的确立、与散文文体的独立性地位的形成有着必然的联系。

"诗言志"是我国古代文论家对诗的本质特征的认识。《诗经》有关作诗目的的叙述中有"诗言志"观念的萌芽。作为一个理论术语提出来，是在《左传·襄公二十七年》中，文子告叔向曰：诗以言志。后来"诗言志"的说法就普遍了，《尚书·尧典》中记舜的话说："诗言志，歌永言，声依永，律和声。"①《庄子·天下》说："诗以道志。"②《荀子·儒效》云："《诗》言是其志也。"③

各家所说的"诗言志"含义不完全一样。《左传》中"诗以言志"意思是"赋诗言志"，指借用或引申《诗经》中的篇

---

① （明）张居正撰，王岚、英巍整理《尚书直解》，九州出版社，2010，第 17 页。
② 孙通海译注《庄子》，中华书局，2007，第 296 页。
③ 荀况：《荀子》，上海古籍出版社，2010，第 73 页。

章来暗示自己的政治教化抱负。《尧典》的"诗言志",是说"诗是言诗人之志的",这个"志"的含义侧重指思想、抱负、志向。

战国中期以后百家争鸣,人们日益重视诗歌的抒情特点,"志"的含义已逐渐扩大。孔子主张的"志"主要是指政治抱负,这从《论语》中就可窥之一斑。而庄子"诗以道志"的"志"则与人生义理穷通相似,是指人的思想感情和意识愿望。《离骚》中所说"屈心而抑志"和"抑志而弭节"中的"志"的内容以屈原的政治抱负为主,也包括了因政治理想不能实现而产生的郁闷之情及对谗佞小人当道的赍恨之情。他在《怀沙》中还说"抚情效志兮,冤屈而志抑","定心广志,余何畏惧兮?"则是指他内心的思想、意愿、感情,与庄子的思想相似。我们可以看到先秦"诗言志"的内容并非一成不变,而是发展变化的。

汉代,人们对"诗言志"的理解即"诗是抒发人的思想感情的,是人的心灵世界的呈现",这个诗歌的本质特征的认识基本上趋于明确。《毛诗序》说:"诗者,志之所之也,在心为志,发言为诗,情动于中而形于言。"① 这一说法情志并提,两相联系,将诗的情感特征与言志联系在一起予以较系统的论述,较为中肯。

"诗言志"的内涵十分丰富,历代各人理解不尽相同和取舍侧重点不一,导致了后代诗论中"言志"与"缘情"的对立。由此,"诗言志"的理论衍化出重理和重情两派。重理派强调诗歌的政治教化作用,忽略文学的艺术特点;重情派则恰

---

① 无名氏:《毛诗序》,郭绍虞主编,王文生副主编《中国历代文论选》,上海古籍出版社,2001,第30页。

恰相反，十分强调诗歌的抒情性，重视对诗歌艺术规律的探讨。然而，纵观文学史，对"诗言志"中"志"的内涵的理解的主流却是情志并重。唐代，孔颖达进一步用"情"释"志"，说："在己为情，情动为志，情志一也。感物而动，乃呼为志，志之所适，外物感焉。言悦豫之志，则和乐兴而颂声作；忧愁之志，则哀伤起而怨刺生。"

从《毛诗序》到刘勰、孔颖达、白居易，直至清代的叶燮、王夫之，都是强调诗歌既应反映现实，为教化服务，重视其社会作用，又应感物吟志，情物交融，突出其抒情性，情志并重，功利性与艺术性两不偏废。应该说，对"诗言志"的这种理解比较符合诗的本质特征和实际作用，因而为人们所普遍接受。朱自清在《诗言志辨》中说，先秦时代"诗以言志""诗言志"的提法，并不是从诗人的写作主体角度而言，而是从读诗、用诗的功用角度说的，就是将已有的诗篇为自己所要表达的意见服务，那时人们对诗的认识功利性极强，全然未考虑到诗歌抒情的自觉；他指出，从屈原等才"真正开始歌咏自己"。①

现代散文批评家在汲取了"诗言志"抒情性特征的同时，还注入散文平和冲淡的特质。这与温柔敦厚的儒学礼教影响有很大关系。温柔敦厚的诗教对整个中国古代的整体美学思想和文学创作，产生过深刻的影响，对现代散文美学也有潜移默化的作用。《诗经》唯其强调"不指切事情"，所以多用比兴，以至由此衍化成以后的形神、风骨、意境等大同小异的艺术理论，强调含蓄委婉地达到美刺讽谕的目的的重要性。朱自清在《诗言志辨》中，对"温柔敦厚"作了深刻的疏解，并说："'温柔

---

① 朱自清：《诗言志辨》，《朱自清古典文学论文集（上）》（全二册），上海古籍出版社，2009，第218页。

敦厚'是'和',是'亲',也是'节',是'敬'也是'适',
是'中'。这代表殷、周以来的传统思想。儒家重中道,就是
继承这种传统思想。"① 现代散文家发扬温柔敦厚的传统,倡导
散文风格的平和冲淡,主张散文的闲谈与絮语,提倡"以闲适
的格调"来行文。

第二节　言志与小品

周作人是现代散文言志派的代表人物。他的《中国新文学
的源流》,标志着"言志"文学观的正式确立。这篇纲领性文
献的出现,也标志着现代散文上的"言志派"的诞生,彰显了
他的散文主张"言志"与传统的"载道"对立。另外,周作人
是现代散文确立艺术性、提出"美文"概念的第一人,这一影
响极为深远。总之,以周作人的言志说和周作人为代表的言志
派都提供了一种独特而丰富的散文美学模式,是现代散文美学
范畴研究中值得思考的一种文艺现象。

一　周作人言志的散文观

1908 年,周作人"言志"的观念已初具雏形,在长文《论
文章之意义暨其使命因及中国近时论文之失》中,痛斥孔孟与
宋明理学对文学的摧残。他解释"诗言志"的"志"为"心之
所希,根于至情",说最早的纯文学作品"厥惟《风诗》",具
有"美感至情,曲折深微"的特点,但孔子"承帝王教法,割
取而制定之,曰:'《诗》三百,一言以蔽之,思无邪'"。因

---

①　朱自清:《诗言志辨》,《朱自清古典文学论文集(上)》(全二册),
　　上海古籍出版社,2009,第 304 页。

此导致"……论文之旨，折情就理，唯以和顺为长。使其非然，且莫容于名教……文字著作之林遂悉属宗门监视之下，不肯有所假借"。继汉代"罢黜百家，独尊儒术"后，更是"道学继起，益务范人心。积渐以来，终生制艺。制之云者，正言束缚"。① 1922 年前后，周作人在"新村主义"理想破灭之后，开始放弃文学的启蒙责任，但还是坚持"总之艺术是独立的，却又原来是人性的，所以既不必使他隔离人生，又不必使他服待人生，只任他成为浑然的人生的艺术便好了"。② 1930 年，在《金鱼》一文中，他终于说出"文学上永久有两种潮流，言志与载道。二者之中，则载道易而言志难"。③ 随后正式宣传"我们是诗言志派的"：在这篇《〈近代散文抄〉序》文中，认为"集团的'文以载道'与个人的'诗言志'两种口号成了敌对"。④

1932 年 9 月，周作人的《中国新文学的源流》由北平人文书局出版，标志着周作人"言志"文学观诞生。这部书稿比较系统地阐述了他的"言志"文学思想，成为"言志"派文艺思想的纲领性文献。它将民国初至五四时期的文艺运动划为言志派，左翼文艺运动视为载道派。1935 年，《中国新文学大系·散文一集·导言》中，他从散文层面再次阐发了他的"言志"思想。

---

① 周作人：《论文章之意义暨其使命因及中国近时论文之失》，张铁荣、陈子善编《周作人集外文 1904–1925》（上集），海南国际新闻出版中心，1993，第 37 页。
② 周作人：《自己的园地》，岳麓书社，1987，第 6 页。
③ 周作人：《金鱼》，《周作人自编文集·看云集》，河北教育出版社，2002，第 19 页。
④ 周作人：《〈近代散文抄〉序》，《周作人自编文集·苦雨斋序跋文》，河北教育出版社，2002，第 127 页。

周作人的言志与林语堂对社会政治的改良不同,《毛诗序》解释"诗言志"说:"诗者,志之所之也,在心为志,发言为诗。情动于中而形于言,言之不足故嗟叹之,嗟叹之不足故咏歌之,咏歌之不足,不知手之舞之,足之蹈之也。"[①] 周作人就是取后者之义,对它进行改造,化用到整个文学领域,评析诗歌、散文、小说、童谣、笑话、日记、尺牍、策论、儿童剧等诸多文体,甚至是赏析绘画雕塑等艺术门类时,都贯彻着"言志"的理念,并以此作为文学创作和欣赏的标准。他极力推崇艺术性散文,认为"小品文是文学发达的极致"。

对于周作人来说,小品文是借个人言志和艺术的非功利性在散文领域里寻求一块精神的庇护所。这在青年时期的周作人那里体现得并不十分突出。周作人到中年后,特别是经历小品文之争的大讨论后,这种审美趣味和价值取向方面的选择变得尤为突出,这甚至算得上周作人精神上的另一种叛逆,精神自由可说是他最后的一块避难所。

经历新文化运动后,形成了一种新的以政治循环为主导的社会环境,使得一部分知识分子充满了失望和悲哀。到1920年代末期,失落感更是强烈,其中的一部分人对现实与追求出现了一种前所未有的幻灭感,周作人就是这类知识分子的代表。青年时代,周作人曾怀抱改造社会的激情和理想,五四时期,他的散文创作以杂文为主,多流露出躁动凌厉之气。但中年后,"混迹于绅士淑女之林",他无力改变而思想失去掌控,一方面既感到右派主权派的高压,另又怕被燃烧旺盛的革命烈火炙烤,自由主义之风同时受到左右派的压制,作为坚毅的仍保留自我

---

① 无名氏:《毛诗序》,郭绍虞主编,王文生副主编《中国历代文论选》,上海古籍出版社,2001,第30页。

启蒙色彩之梦的周作人本来沉浸在民粹主义和精英主义里，此时的他却已退化为"保守阵营"中的一员，周作人走向了消极的耽游，在田园诗的境界中去寻找精神慰藉。

他是反对空喊革命的，他知道此举无意，他更为内省地反思"平民的文学"甚至"人的文学"所含带的功利因素，这是他曾所大举的革新旗帜，中年之后的他避之唯恐不及，在《十字街头的塔》一文中，周作人说："别人离了象牙的塔走往十字街头，我却在十字街头造起塔来住，未免似乎取巧罢？我本不是任何艺术家，没有象牙或牛角的塔，自然是站在街头的了，然而又有点怕累，怕挤，于是只好住在临街的塔里，这是自然不过的事。"① 而且，"谈谈儿童或妇女身上的事情，也难保不被看出反动的痕迹"②，有关小品文之争后的 1930 年代后期，周作人更是如此，他选择了另一种形式的反抗。此时的周作人闭门读书与写作，对当时已兴盛的左翼还是右派，他都消极悲观对待、怠慢，漠不关心，他说"现在中国情形又似乎正是明季的样子，手拿不动竹竿的文人只好避难到艺术世界里去，这原是无足怪的"。自 1920 年代后期以来，周作人创作上自觉地追慕"平淡自然的景地"，在平民中反"平民的文学"，这时，他的小品文世界更是极力营造一种不问人世间变革的冲淡美，已是左翼所说的为艺术而艺术中的"最坏的文学"。

中年后的周作人也绝无五四时期冲锋陷阵的激情，对于急剧变化的时事，大多数情况是装聋作哑，完全忽视了当时社会

① 周作人：《十字街头的塔》，《周作人自编文集·雨天的书》，河北教育出版社，2002，第 12 页。

② 周作人：《草木虫鱼小引》，《周作人自编文集·看云集》，河北教育出版社，2002，第 13 页。

政治混杂的局势，在拆解爱国主义的专断话语和与帝国主义作斗争的大众情绪后，他被动性地选择了叛逆性的后退和民族精神的萎靡，以致被钉死在妥协和通敌的批评中。他在家里或茶馆喝喝清心的苦茶，只是偶尔才有在散文里发发牢骚的雅兴，悲凉地写道："是的，我有时也说话也写字，更进一步说，即不说话不写字亦未始不可说是音，沉默本来也是一种态度。是或怨怒或哀思的表示。中国现在尚未亡国，但总是乱世罢，在这个时候，一个人如不归依天国，心不旁骛，或应会试作'赋得文治日光华'诗，手不停挥，便不免要思前想后，一言一动无不露出消极不祥之气味来，何则，时非治世，在理固不能有好音。"①

经此变化的周作人文风更是淡静素雅，情致化的倾向更为突出，一方面，走向了宣扬散文的言志及其自我精神的狭隘范畴，另一方面，高度的文体自觉使现代散文的概念在他笔下发挥得完整，他已经将小品文的纯粹性运用得炉火纯青，纯然把个人言志的散文俨然看作个人精神的安放地和庇护所，追求"忙里偷闲，苦中作乐"，以达到在心灵中得到一种美感上小小的悸动："不完全的现世享乐一点美与和谐，在刹那间体会永久。"中年后的周作人也试图走向神秘主义，在佛教宗教方面得到超脱与特殊艺术美的解释。人生依靠禅意，这与当时的一些中年作家（例如丰子恺等）如出一辙，周作人在《志摩纪念》中说道："文章的理想境界我想应该是禅，是个不立文字，以心传心的境界，有如世尊拈花，迦叶微笑，或者一声'且

---

① 周作人：《重刊袁中郎集序》，《周作人自编文集·苦茶随笔》，河北教育出版社，2002，第61页。

慢'，如棒敲头，夯地一下顿然明了，才是正理，此外都不是
路。"① 与丰子恺中年求禅意的平和不同，周作人的这种文学禅
意是与其遁隐的个性文学联系在一起的，也是与其个人气质有
关的。周作人始终有一个难题没有解决，就是他内心建设良好
的、被严密保护起来的个体自主性该如何安放以及还能在哪里
安放，这直接导致了他历史哲学和人生道路选择上的悲剧性。

二　散文"言志"的美文化

周作人对散文有一个清醒而明确的定位。1921 年 5 月，他
发表了《美文》，可以说是他在言志方面对文体的一种约束。
他是第一个比较系统、科学地对现代散文进行定位的探索者。

《美文》勾勒了周作人心中的散文理想，为现代散文进行
了定位。在《美文》一文中他说："外国文学里有一种所谓论
文，其中大约可以分作两类。一批评的，是学术性的。二记述
的，是艺术性的，又称着美文，这里边又可以分出叙事与抒情，
但也很多两者夹杂的。"同时，又是"既不能作为小说，又不
适于作诗，便可以用论文式去表达"②。他把"散文"从文体上
定位为，"记述的，是艺术性的"，是"美文"，这是对散文文
体上的美学定位的一个重大突破。尽管当时周作人并没有对此
详加拓展、完善，但他已悄悄将散文划入了纯文学作品样式的
行列，对散文艺术美的强调暴露无遗，从而将散文文体与非文
学明确区分开来。

---

① 周作人：《志摩纪念》，《周作人自编文集·看云集》，河北教育出版
　　社，2002，第 67 页。
② 周作人：《美文》，《周作人自编文集·谈虎集》，河北教育出版社，
　　2002，第 41 页。

周作人在形式与内容上，也对现代散文进行了规范。他说：
"须用自己的文句与思想。"① 这一条规范可以视为现代散文重
要的审美标准。从文学本体性来说，相比于梁启超的"文学革
命"以及胡适的"散文革命"，这是一个本质上的飞跃。它不
再是边缘性模糊，而是对散文文体的深刻认识，也不再与政治
或者哲学等相互牵扯，而是对散文文体审美属性的特指。

《美文》提出散文必须用自己的文句与思想，这也是周作
人对自我的反思。1923 年，他在《文艺批评杂话》一文中说：
"我认为真的文艺批评本身便应是一篇文艺，写出对于某作品
的印象与鉴赏……而且写得好时也可以成为一篇美文，别有一
种价值……因为讲到底批评原来也是创作之一种。"这种反思
是深刻的，同时也是对散文本体论的升华。他认为五四时他所
写的杂感，是"满口柴胡"。"须用自己的文句与思想"又包含
了对五四时期流行的杂感的批判。在他看来，杂感调子虽高，
但语调大同小异，是"须用自己的文句和思想"的反面教材，
这里，他开始认识"批评的，学术性的"文章也可以写成美
文。1930 年代后，他在《中国新文学大系·散文一集·导言》
中肯定《美文》的地位。他说，《美文》发表后，"《晨报》第
七版不久改成副刊，是中国日报副刊的起首老店……影响于文
坛者颇大。因为每日出版，适宜于发表杂感短文……写文章的
人自然多起来了。以后美文的名称虽然未曾通行，事实上这种
文章却渐渐发达，很有自成一部门的可能"。

1930 年 9 月，他在《冰雪小品选序》中又着重强调现代散
文"是言志的散文，它集合叙事说理抒情的都浸在自己的性情

---

① 周作人：《美文》，《谈虎集》，北京十月文艺出版社，2011，第 32 页。

里，用了适宜的手法调理起来，所以是现代文学的一个潮头①。当然，这种不满和批判是对散文文体意义上新的"言志"论，是对散文从文体意识上的重新定位。他认为，在新文学中受外国的影响最小的文体当数现代散文。他说，"我们欢迎欧化是喜得有一种新空气，可以供我们享用，造成新的活力，并不是注射到血管里去就替代血液之用"②。这时，周作人心目中的"美文"已不同于《美文》中介绍的"美文"了。

从整个现代散文美学范畴来说，周作人的工作无疑具有前瞻性，显示了他对现代散文定位的艺术化，显示了周作人要创立的对文体的"言志"，就是美文化。至此，"美文"已经成为现代散文的一个代名词，对于"艺术性的""叙事与抒情"的散文来说，"美文"的称呼再恰当不过。

三 言志的精髓：个人本质论

1920 年代后，周作人就开始专注文学的科学本质。当时，他在梳理古代文学的发展道路时发现"古今文艺的变迁曾有两个大时期，一是集团的，一是个人的"。他认为"集团的'文以载道'与个人的'诗言志'两种口号成了敌对"③。从而提出了与其他理论家完全不同的两个崭新的概念，认为古代文学的发展与变化的过程伴随着个人的言志与代表集团的载道两大潮流。如他所说："集团的文以载道与个人的诗言志两种口号

---

① 周作人：《周作人散文》（第二卷），中国广播电视出版社，1992，第287 页。

② 周作人：《周作人散文》（第一卷），中国广播电视出版社，1992，第85 页。

③ 周作人：《〈近代散文抄〉序》，《周作人自编文集·苦雨斋序跋文》，河北教育出版社，2002，第127 页。

成了敌对，在文学进了后期以后，这新旧势力还永远相搏，酿成了过去的五花八门的文学运动。"总体上看，他抽离了"言志"和"载道"。两大潮流的对立斗争演绎在进化的历史轨道上的此起彼伏、优劣得失，周作人有自我的价值取向，虽然不乏主观独断。

周作人关心的是小品文在文学史上的自由和叛逆的文学精神，认为现代小品文具有可发展到前所未有的艺术成就的空间和余地。这是周作人自我的一种内敛的自信与傲气。政治教化思想、封建伦理道理、文艺统一说与周作人的"言志"相龃龉。周作人提出了"极致说"，主张"士"与"极致"的融合，打开了"性灵小品"的新天地，与林语堂及其他五四同行不谋而合。周作人的言志中也确实载了"道"，但这不是古文传统中的"道"，而是其精髓之"道"，是指"士"文化。他认为，现代的"士"必须承担特殊的文化使命，掌握某种知识技能。周作人加入"士"的行列，就是为实现自身价值。他认同"言志"说，以及他的美学趣味、文学史主张都是源于这一层面的。某种意义上说，他对晚明的小品有独到的发现，在现代可谓第一家，也是超越了前人的眼界，独特地赋予现代散文反集团、反载道、反格套、主言志、主自由、主独创的现代性含义。

对于新文学运动的源头剖析，周作人认为"明末的文学，是现在这次文学运动的来源，而清朝的文学，则是现在这次文学运动的原因"。理由是胡适的"八不主义"复活了明末公安派的"独抒性灵，不拘格套"和"信腕信口，皆成律度"的主张，"只不过又加多了西洋的科学哲学各方面的思想，遂使两次运动多少有些不同了"。论及散文来说，"我常这样想，现代的散文在新文学中受外国的影响最少，这与其说是文学革命的还不如说是文艺复兴的产物，虽然在文学发达的程度上复兴与革命是同一样的进展。在理学与古文没有全盛的时候，抒情的散文也已得到相当的长发，不过在学士大夫眼中自然也不很看得起，我们读明清有些名士派的文章，觉得与现代文的情趣几乎一致，思想上固然有若干距离，但如明人所表示的对于礼法的反动则又很有现代的气息了"。对于散文为什么能先于其他文体兴盛发展，周作人说："我相信新散文的发达成功有两重的因缘，一是外援，一是内应。外援即是西洋的科学哲学与文学上的新思想之影响，内应即是历史的言志派文艺运动之复兴。假如没有历史的基础这成功不会这样容易，但假如没有外来思想的加入，即使成功了也没有新生命，不会站得住。"

周作人推崇晚明小品，但这并不代表他对晚明小品的"态度"就完全认同，英国人卜立德（David Pollard）说："周作人清楚拒绝将自己与公安派视为一体"，周作人一方面肯定晚明闲适小品文的反正统文学态度和文人思想及美学上的追求；另一方面，他对公安派和竟陵派的文学创作成就不是完全看好的。在《梅花草堂笔谈等》一文中，他说："我以为读公安竟陵的书首先要明了他们运动的意义，其次是考查成绩如何，最后才用了高的标准来鉴定其艺术的价值。我可以代他们说明，这末一层大概不会有很好的分数的。"他对晚明这一派的艺术成就是有所质疑的，"我常这样想，假如一个人不是厌恶韩退之的古文的，对于公安等文大抵不会满意，即使不表示厌恶。"① 在《中国新文学的源流》中，他区分了新文学与明末言志派的思想性的不同："以前公安派的思想是儒家思想道家思想加外来

① 周作人：《梅花草堂笔谈等》，《周作人自编文集·风雨谈》，河北教育出版社，2002，第135页。

的佛教思想三者之混合物，而现在的思想则又于此三者之外，更加多一种新近输入的科学思想。"①

周作人虽然某些时候也强调新散文应学习英国兰姆、艾迪生、切斯特顿等人的文式去发展，但他的现代散文理论有一个坚实的隐士内核。这源于他对于传统文化的醉心，内心服从于对传统哲学的追随。他对性灵传统的回归也只不过是肯定"一元"说，与梁实秋的二元说也不同。传统哲学上的"一元"论构成了周作人强大的理论依据，有时甚至无须回击具有载道目的的左翼文学和反动的正宗文学。他崇尚明朝的名士，认为他们"文章诚然是多有隐遁的色彩，但根本却是反抗的，有些人终于做了忠臣，……大多数的真正文人的反礼教的态度也很显然"，并从晚明小品里找到"一元"的精神回归："公安派的人能够无视古人的正统，以抒情的态度作一切的文章，虽然后代批评家贬斥他们为浅率空疏，实际却是真实的个性的表现，其价值在竟陵派之上。以前的文人对著作的态度可以说是二元的，而他们则是一元的，在这一点上与现代写文章的人正是一致。"因此，在《中国新文学的源流》中，周作人指出"现在我们作文的态度是一元的……以前的态度则是二元的"。②

周作人对于"一元"说的作文认同，以及他的美学趣味、文学史主张都是源于对文学本质的追求。他反对完全将科学的概念导入对文学的思考，并以科学与文学的对比来反映文学的独立性。周作人的高明之处就在于此，胡适等关注现实生活伦理，他们的文学观渗透着富有启蒙意义的科学理性，而周作人始终坚守着文艺本体论，他说："科学的思想可以加入文艺里

① 周作人：《中国新文学的源流》，人文书店，1934，第92页。
② 周作人：《中国新文学的源流》，人文书店，1934，第99~100页。

去，使他发生若干变化，却不能完全占有他，因为科学与艺术的领域是迥异的。"① 他说文学"夫文章思想，初既相殊而莫一，然则必有中尘（medium）焉为之介而后合也。中介非他，即想象，感情，风味三事"②。周作人的"言志"的观点得到了林语堂、梁实秋等人的赞同，也遭到了左翼文学界的质疑（因为政治原因，后来更是演变成史无前例的批判）。比如有人说："小品文是言志的，但言志之中便载了'道'，天下没有无'道'之'志'。"

第三节 言志与笔调

周作人认为性灵传统的回归首先是肯定"一元的""不拘一格"，特别注意于散文"言志"和"载道"在作文态度上的差别。林语堂却孜孜不倦于言志性灵理论的建构，他认为散文美学的目的之一就是力求通过散文言志观的倡扬，去除"方巾气"，寻求一种能够轻松表达自我和人生的散文文体。

林语堂的言志理论是"笔调说"，更加眷注于在争自由的反叛文学精神下凸显晚明小品的文体风格及美学价值。其内涵向外指向一种闲谈娓语式的散文美学风格，向内则指向重表现、抒性灵的文艺观，是一种关乎文学创作论和功能论的文学认知。

一 笔调说

弘扬自我是现代散文永恒的主题，不论作家是自觉性地分

---

① 张明高编《周作人散文》（第一集），中国广播电视出版社，1992，第433 页。
② 杨扬编《周作人批评文集》，珠海出版社，1998，第 12 页。

流，还是随同其所处的现代大环境，自我意识都早已成为现代基本意识的体现，林语堂也是如此。他说："所写的每一个字都渗透了个性的精神"，公开表白小品是对自己的表现——"灵魂和生命的表现，人类的个性，一个人的本质的自我，乃至他的最深经验和最高理想的表现"。在此基础上，林语堂才提出自己的散文观："一人有一人之个性，以此个性无拘无碍自由自在表之文学，便叫性灵。"而"性灵"这一观点与周作人不谋而合，在他们看来，"性灵"就是个性，也就是"个人笔调"，反映的是"自我"。林语堂一再表白："周作人谈《中国新文学的源流》一书推崇公安竟陵，以为现代散文直继公安之遗绪。此是个中人语，不容不知此中关系者瞎辩。""周作人先生提倡公安，吾从而和之。"①

为了让现代言志散文有更充足的历史依据，林语堂还把个人言志散文的源头加以延伸拓展："倘如吾将苏东坡、袁中郎、徐文长、李笠翁、袁子才、金圣叹诸文中怪杰合观起来，则诸人文章气质之如出一脉，也自不待言了。"原因是"大概诸人皆赋性颖悟，见解超人，胸中有万丈光芒，自然不易以心为形役，免就世俗格套，因此其文章也独往独来，有一片凌云驾雾天马行空之气。②"林语堂把这些不同时代的文人归结为言志派，显然过于简单化和泛化，这种"寻章摘句"的错误，就受到过鲁迅的批评；但也算是有理有据，更足见其见识之广，更重要的是，拓展了后来者的眼光和思路，有益于现代散文家对传统散文优良传统的择取和借鉴，对传承言志散文抒情传统、强化个性创造提供了理论源泉，极具现实意义。

---

① 林语堂：《语录体举例》，《论语》1934 年第 40 期。
② 林语堂：《再谈小品文之余绪》，《人间世》1935 年第 24 期。

　　林语堂从古代小品文里拈出"性灵"，将其作为现代散文之根，又引进西方的表现主义，根据现代表现主义美学家克罗齐的直觉表现说确立了现代小品文的性灵理论。林语堂将"性灵"具体化，便是他苦心经营的"笔调说"。

　　林语堂的小品文笔调理论在《新青年》时期萌芽，《语丝》时期成长，《论语》《人间世》《宇宙风》时期进入成熟期。1924年，林语堂发表《征译散文并提倡"幽默"》和《幽默杂话》两文，虽然打出的是"幽默"的旗号，但重点是呼吁"笔调"改革。他认为中国旧文学在"礼教禅化"下生成"板面孔文学"，一旦扯下面孔来便失去了"身格的尊严"。后来，1934年6月，发表于《人间世》的《论小品文笔调》一文中，他如此阐释"笔调"："故西人称小品笔调为'个人笔调'（personal style），又称之为 familiar style。后者颇不易译，余前译为'闲适笔调'，约略得之，亦可译为'闲谈体'、'娓语体'，盖此种文字，认读者为'亲熟的'（familiar）故交，作文时略如良朋话旧，私房娓语。此种笔调，笔墨上极轻松，真情易于吐露，或者谈得畅快忘形，出辞乖戾，达到西文所谓'衣不纽扣之心境'（unbuttoned moods），略乖新生活条件，然瑕疵俱存，好恶皆见，而作者与读者之间，却易融洽，冷冷清清，宽适许多，不似太守冠帽膜拜恭读上谕一般样式。且无形中，文之重心由内容而移至格调，此种文之佳者，不论所谈何物，皆自有其吸人之媚态。"①

　　"笔调"，就作品体制风貌而言，关乎作家的才思，如明代王世贞《艺苑卮言》中所云："才生思，思生调，调生格，思

---

①　林语堂：《论小品文笔调》，《文学运动史料选》（第3册），上海教育出版社，1981，第235~236页。

即才之用，调即思之境，格即调之界。"林语堂的"笔调说"是紧紧依靠他的言志论的，是他对言志理论的进一步延伸。他提倡反对"板面孔"式的训话式笔调，推崇个人性、娓语性的小品文笔调。

林语堂的文艺思想是主张表现自我个性、抒写个人思感，不虚情假意，不矫揉造作。这延续了五四时期个性解放的思想传统。他把"载道"与"言志"对立也可解释成两种笔调的对立。他在《小品文之遗绪》一文中说："言志与载道，此中关键，全在笔调。"① 在《论小品文笔调》里又说，言志文系主观的、个人的，所言系个人思想，载道文系客观的、非个人的，所系"天经地义"。故西人称小品笔调为"个人笔调"，"至于笔调，或平淡，或奇峭，或清新，或放傲，各依性灵天赋，不必勉强"。

林语堂不仅主张以个人笔调创造一种轻松闲散、清新自然的文体来立言立志，又在以抒情为主的现代白话散文之外，另创以说理、议论为主却不威严、不拘泥、不端架子的现代散文；林语堂认为此种笔调发展已成世界的趋势。自从 18 世纪末叶 19 世纪初叶，浪漫主义兴起，古典的礼仪传统崩溃，人们对人类心理有了更多的关注，因此追求闲适不再被看作不道德的行为。随着休闲心理的发展，日常生活日趋休闲化。此种社会风气影响到文学写作，于是闲适格调便应运而生。作者撰文时如与友话旧，良朋交谈，推心置腹，诉说衷肠，读者读来有一种亲切、自由和平易的感觉。在此潮流下，假若作者仍摆八字脚，"板面孔"，用满篇训话式的口吻，读者势必只能"似太守冠帽

---

① 林语堂：《小品文之遗绪》，《人间世》1935 年第 24 期。

膜拜恭读上谕一般样式"聆听教训，未免与现代潮流格格不入。
而且，他试图把这种亲切"笔调"的风格文体推广到更广大的
范围："此种笔调已侵入社会及通常时论范围，尺牍演讲，日
记，更无论矣。除政社宣言，商人合同，及科学考据论文之外，
几无不夹入个人笔调，而凡是称为'文学'之作品，亦大都用
个人娓语笔调。"

可见，林语堂对传统性灵说的回归是古为今用、洋为中用
的。他以自我言志为主线，把性灵、幽默、笔调以及与此相关
的闲适、闲话、絮语统一在一起。也即他所说的"在提倡小品
文笔调时，不应专谈西洋散文，也须寻出中国祖宗来，此文体
才会生根"①。从中可以看出，林语堂提出的言志之术，不再是
为圣人立言，代天宣教，而是为散文的个人言志寻求一条可行
之路。此外，林语堂对"笔调"的美学功用有清醒的认识，他
说："谈话（娓语）笔调可以发展而未发展之前途甚为远大，
并且衷心相信，将来有一天中国文体必比今日通行文较近谈话
意味，以此笔调可以写传记，述轶事，撰社论，作自传，此则
专在当代散文家有此眼光者之努力。"

二 "笔调" 的时代根源

五四时期，现代散文作家无视传统对现代性的阻碍，反其
道而行之，表面朝传统的复古模式走去，实则是朝心中自我精
神走去，认为只有这样其独立自我的精神和自由个性的意味才
能凸显。林语堂的笔调其旨不仅仅是一种小品文的文体创造，
而是为了改革五四以来整个新文学的叙事传统，但最后成就的

---

① 林语堂：《小品文之遗绪》，《人间世》1935 年第 24 期。

却只是小品文创作。林语堂坚信这种笔调改革是五四新文学终将完成的任务，因为白话代替文言以后，个人声调代替传达圣旨，必然会演进出小品文笔调一派的诞生和繁荣。

在变化纷纭的特定时代，所谓的言志论，表层是散文的审美取向，导向却关乎价值取向。五四现代散文理论一开始是众口同声地承认个人化写作的精神力量，使作家返回内在的体验，抒发自我的精神。但处于社会大变革过程中，时局在发生着急速的转变，同时，一些腐朽的思维又有根深蒂固的影响，当这种倡导式的启蒙进行到一定程度的时候，即被另一种倾向加以利用，从而为组织化、集团化所湮灭，导向政治的定位与解释，而对文学本身的审美价值渐渐忽略。后来的文学史证明一部分作家清醒地看到了这一点，林语堂、周作人、胡适、梁实秋这些自由派人士就是其中的代表。

德国思想家康德对启蒙有如下定义：人类对自身进行改变以摆脱盲从的蒙昧状态的进程，是个人自愿的行为同时是集体参与，启蒙凸显的是人的个体主体原则而非权威的压制，启蒙中的精英姿态意在导引出大众的这种自觉。显然，新文化运动符合康德所说的这种启蒙，问题的症结就在于，先有"文学革命"，后有"为大众服务"的普罗文学，文学的启蒙变成一种以教诲、栽培为目的的强制行为。文学的启蒙也是文化权威或者政治权威，这在中国这种国情的情况下或许是必然的，但这时启蒙之意已悄悄修改，变得本末颠倒，因此周作人才提出"文学不革命""文学无用论"等一系列主张。梁实秋也有过类似的主张："文艺的价值，不在做某项的工具，文艺本身就是目的。"这证明五四时期的一批作家已经有针对这些问题的意识，且在启蒙原教义的追随下，提出自我的解决方案。体现在散文理论上，便只在无形中形成了审美甚至价值上的分流。

针对借启蒙之名遏制思想自由的组织权威或个人独尊倾向说，林语堂则在《言志篇》中申明"我要有能做我自己的自由，和敢做我自己的胆量"。他声明："把文学整个黜为政治之附庸，我是无条件反对的。"林语堂明确指出文学应该超政治化，"文学不必革命，亦不必不革命，只求教我认识人生而已"。林语堂高抬文学的"人生"，为的是不让文学沦为世故上的经世致用，或者更狭隘范围内的为政治服务。同时，"官方势力迫人刊载""欲以一主义独霸天下"，对于这两种压制自由不健全的文学出版机制也为其所不齿，认为这些都不是现代性观念。林语堂一面秉承作家的主体精神，另一面面对陈腐的事实，愤慨地言说："吾人不幸，一承理学道统之遗毒，再中文学即宣传之遗毒，说者必欲剥夺文学之闲情逸致，使文学成为政治之附庸而后称快。"林语堂提出了理想散文家的标准：冷静超远的旁观者。即"所表的是自己的意，所说的是自己的话，不复为圣人立言，不代天宣教了"。其实，这种旁观的姿态是思想真自由与傲然的个性姿态，不出卖灵魂也不为强势所依傍，为的是昭示散文文学的自由，不为政治所困，不为外力牵制的自由，"不说别人的话""在大荒中孤游的人"……这就是林语堂他们所追求的现代性——有关人的真正自由，他的文学摆脱工具性的所有论点都从此出发。林语堂关注的是在反叛、求自由的文学精神下体现的文体风格和艺术价值。林语堂等人的宣言是对时局的对抗，虽然他们的文学标签（乃至政治标签）沦为"旁观者""异议""偏见""叛徒"这类的负面词也在所不惜。

德国哲学家阿多诺用"否定的辩证法"来强调艺术的否定

性而非肯定性实质。他说："试图通过抽象否定来消除艺术的作法也是错误的。当艺术抨击其传统基础之时，便经历着质性的变化……无论是慰藉概念，还是其对立面或拒绝概念，均未抓住艺术的真谛。"① 过分看重文学的社会现实性可能导致异律性对自律性的吞噬，而早在古典哲学时期，黑格尔早就将一味地证实和复制现实世界的艺术形式说成是没落的、思想贫乏的现实主义，而现代性理论的否定性取向就是为了避免这种萎落。人类现行的历史经验证明了这一点，在文学领域便是文学价值纯洁性的问题。但在现代文学里，是一种处于弱势的对散文纯洁性的个人化呼吁。虽然与传统文化中的"文人"角色设计不谋而合，但在尚处于过渡时期的这种表面为"复古性"的主张，曾经引起一部分竭力破除封建性以及反抗全部传统的激进派人士的误解和反感。正所谓舒芜所说："在中国最危急最黑暗的时代，宣传一种对人生对文艺的倦怠和游戏的态度，这是一切悲观主义中最坏的一种。"②

事实上，舒芜所代表的大潮流的认识也是片面化的，对于林语堂等人来说是另一种形式的排外和曲解。其实，林语堂的主张只不过在于脱离政治化、固守在权力的边缘而不是沦为时局的操盘手，其沉默不是不发声，而是发出个人化的真正言语，因个人的操守质疑一切可疑的现有权力体系。

第四节　言志与缘情

现代散文"言志"几近于显学，引发散文创作家们研究、

---

① 〔德〕阿多诺：《美学理论》，四川人民出版社，1998，第 3 页。
② 舒芜：《周作人概观》，湖南人民出版社，1986，第 72 页。

追考"言志"含义到底是什么，我国优秀的散文家朱自清的专著《诗言志辨》提供了很好的答案。在《诗言志辩》一书中，他深入探究了关于"诗言志"命题里"言志"的含义及其发展的史迹，将"言志"的本义与引申义作了条分缕析的清理。

朱自清指出"诗言志"为中国诗论的"开山纲领"①。他认为先秦时代"诗以言志""诗言志"的提法原本不是从作诗人的角度说，而是从读诗人、用诗人的角度说的，是将现成的诗篇当作表达意见的工具。朱自清指出当时对诗的认识完全是功利性的，还全然没有达到诗歌抒情的意识与自觉；他又提出从屈原的《楚辞》才是"真正开始歌咏自己"。朱自清因先秦时代说"诗以言志"的环境、背景都与政治或教化有关，便断定"言志"这个词组本身就有政教意义。虽有商榷之处，但在此假设前提之下，朱自清说，随着自我抒发意识的发展，与政教无干的诗歌的增加，再用原先的"言志"作为诗歌的标的就显得不妥。因为"言志"的含义一再引申，后被引申为兼指一己的穷通出处，或歌咏人生义理。因士大夫的穷通出处、人生义理都离不开政教，都反映着政教，因此"言志"一语多多少少总还是与政教关联着。不便于指称与政教毫无关系的作品，如秦嘉《赠妇》那样的诗，这时迫切需要一个新的标目。于是终于出现陆机《文赋》"诗缘情而绮靡"的新语，用"缘情"作为新标目。朱自清先生说："'诗缘情'那新传统虽也在发展，却老只掩在旧传统的影子里，不能出头露面。"②

① 朱自清：《朱自清古典文学论文集（上）》（全二册），上海古籍出版社，1981，第190页。
② 朱自清：《朱自清古典文学论文集（上）》（全二册），上海古籍出版社，1981，第202页。

朱自清认为袁枚算得上是一个文坛革命家。袁枚将"诗言志"的意义完全推进，差不多能和"诗缘情"并为一谈。这时的"诗言志"毫无半点政教意味。朱自清指出，从《诗大序》就强调的"在心为志，发言为诗"，以及"情动于中而形于言"和孔颖达《毛诗正义》解释"在心为志，发言为诗"时说的一番话，皆将"志"与"情"含混了；沈约《宋书·谢灵运传论》的"喜愠分情"和"志动于中，则歌咏外发"，还有《文心雕龙·明诗》的"人禀七情，应物斯感；感物吟志，莫非自然"，也都是将"情""志"混淆。因此朱先生认为如果现在再要直用"言志"，就不能再如此含混下去。

朱自清在《文学的标准与尺度》中说得很直接："载道或言志的文学以'儒雅'为标准，缘情与隐逸的文学以'风流'为标准。有的人'达则兼济天下，穷则独善其身'，表现这种情志的是载道或言志。……有的人纵情于醇酒妇人，或寄情于田园山水，表现这种种情志的是缘情或隐逸之风。"因此他指出："但是看历代文学的发展，中间还有许多变化。即如诗本是'言志'的，陆机却说'诗缘情而绮靡'。'言志'其实就是'载道'，与'缘情'大不相同。"① 综上，我们可以将他的观点归纳为两点：一，古人论诗时，"志"与"情"含义不同，"情"是指情感，"志"却指向政教，是后人把"志""情"混为一谈了；二，"言志"与"缘情"是一组互相对立的概念，"言志"虽可引申为士人的穷通出处、人生义理，但其关乎政教，两者直到袁枚才合而为一。

朱自清因不认同周作人用"言志"与"载道"的对立来概

① 朱自清：《朱自清古典文学论文集（上）》（全二册），上海古籍出版社，1981，第5~6页。

括古代文学、现代文学的做法，而认为不如用"载道"和"缘情"来加以概括。① 也就是说"载道"实与"缘情"对立，缘情既然突出了个体的审美经验，势必相应地轻忽普遍的道德经验。他认为"言志"并非"人人都得自由讲自己愿意讲的话"，而是讲与政教有关的话。

作为一种代表时代潮流的美学理论，"缘情"说也是有其哲学根基的，即来源于魏晋玄学家王弼的"圣人有情"说，也是魏晋玄学理想人格讨论中的一大议题。在朱自清之前，鲁迅在《摩罗诗力说》中已经说过："如中国之诗，舜云'言志'；而后贤立说，乃云持人性情《三百》之旨，无邪所蔽。夫既言志矣，何持之云？强以无邪，即非人志。"② 显然，与朱自清不同，鲁迅是将"言志"理解为"人人都得自由讲自己愿意讲的话"。

第五节　言志与载道

对"载道"与"言志"两个基本文学美学思想，周作人采取的是对"载道"的坚决批评，而自由派作家则以不同角度阐释了"载道"与"言志"实无本质差异，对周作人的看法从学理和根源上持不同态度。整体上周作人等人的"言志"占上风。而同时期兴起的左翼文学，对"言志派"则持批判态度。

---

① 刘绍瑾：《朱自清〈诗言志辨〉的写作背景及其学术意义》，胡晓明主编《古代文学理论研究》（第二十二辑），华东师范大学出版社，2004，第 222~231 页。
② 鲁迅：《摩罗诗力说》，《鲁迅全集》第 1 卷，人民文学出版社，2005，第 70 页。

一 言志派对"文以载道"的批评

周作人不论对封建文化传统还是他认为属于该传统的新现象的批评，其态度是激愤、决绝的。周作人早期文章《论文章之意义暨其使命因及中国近时论文之失》，到为《陶庵梦忆》《杂拌儿》《燕知草》《近代散文钞》《中国新文学大系·散文一集》所作的序跋文，以及在辅仁大学的讲演录《中国新文学的源流》，一直都在张扬散文的言志文学观，并把"言志"与"文以载道"相对立。

周作人对载道文学有过深远的批判，1936 年 4 月，他在《自己所能做的》一文中说："凡载自己之道者即是言志，言他人之志者亦是载道。我写文章无论外行人看去如何幽默不正经，却自有我的道在里边。"他又说："用古文之弊害不在此文体而在隶属于此文体的种种复古的空气，政治作用，道学主张，模仿写法等"。[1] 林语堂对周作人的反"载道"表示赞同，他在《论小品文笔调》中，也强调载道派与言志派的不同，他说："小品文闲适，学理文庄严，小品文下笔随意，学理文起伏分明，小品文无妨夹入遐想及常谈琐碎，学理文则为体裁所限，不敢越雷池一步。此中分别，在中文可谓之'言志派'与'载道派'。"

正因为载道文学的传统之一就是相信文学与国家兴亡有某种直接关系，周作人在《陶筠厂论竟陵派》里说："这一番话说得很可笑，正如根据亡国之音哀以思的话，说因为音先哀思了所以好端的国家就亡了，同样的不通，此正是中国传统的政治的文学

---

① 周作人著，钟叔河编《知堂序跋》，岳麓书社，1987，第 349 页。

观之精义。"① 周作人特别强调指出："凡奉行文艺政策以文学作政治的手段，无论新派旧派，都是一类，则于我为隔教。"②

依周作人看，载道文学的特征是强调在文学思想领域存在一种，而且仅有一种正确的意识形态，这种正统思想正是文学宣传的主要任务。因此，他认为载道文学实际上是文化专制主义的表现形式。周作人在 1936 年 12 月发表的《谈韩文》中集中批评了这种现象，他说："韩退之的道乃是有统的，他自己辟佛却中了衣钵的毒，以为吾家周公三吐哺的那只铁碗在周朝转了两个手之后一下子就掉落在他的手里，他就成了正宗的教长，努力于统制思想，其为后世在朝以及在野的法西斯派所喜欢者正以此故，我们翻过来看就可以知道，这是如何有害于思想的自由发展了……但是假如我们不赞成统制思想，不赞成青年人写八股，则韩退之暂时不能不挨骂，盖窃以为韩公实系该项运动的祖师，其势力至今尚弥漫于全国上下也。"因此，周作人说韩退之实则是"对了和尚骂秃驴"，而"读经卫道的朋友差不多就是韩文公的伙计也"。

周作人还从文化心理层面分析了"文字有灵"是造成对文学作用盲目崇信的原因。在他看来，左、右两翼都中了"文字有灵"的毒害："有人相信文字有灵，于是一定要那么说，仿佛是当作咒语用，当然也就有人一定不让那么说。这在文字有灵说的立场上都是讲得通的，两方面该是莫逆于心，相视而笑了。"周作人否定文学对社会政治的教化作用，也不相信文字有灵，甚至他还多次讲过文学无用的话，如他在《草木虫鱼小

---

① 周作人：《陶筼厂论竟陵派》，《周作人自编文集·风雨谈》，河北教育出版社，2002，第 87 页。
② 周作人：《苦竹杂记》，岳麓书社，1987，第 215 页。

引》里说："我个人却的确是相信文学无用论的"；在《中国新文学的源流》里写道："文学是无用的东西。因为我们所说的文学，只是以达出作者的思想感情为满足的，此外再无目的可言。里面没有多大鼓动的力量，也没有教训，只能令人聊以快意。"① 但必须指出的是周作人并不真正认为文学无用。周作人的创作活动可以证明他相信文学是有用的，"我是不主张文学有用的，不过那是就经济上说，若是给予读者以愉快，见识以至智慧，那我觉得却是很必要的，也是有用的所在"。1935 年，他在《苦茶随笔后记》中说："我原是不主张文学有用的，不过那是就政治经济上说"，可见，他否定的是文学的社会政治功利效用。周作人在 1930 年代的《苦茶随笔》《苦竹杂记》《瓜豆集》等集子的后记里，多次感慨自己的文章为别人的太多，为自己的太少，并决心改正。1935 年，周作人写道："文字无灵，言论多难，计较成绩，难免灰心，但当尽其在我，契而不舍，岁计不足，以五年十年计之。"② 在《中国新文学的源流》里他又写道："现在虽是白话，虽是走着言志的路子，以后也仍然要有变化，虽则未必再变得如唐宋八大家或桐城派相同，却许是必得于人生和社会有好处的才行，而这样则又是'载道'的了。"所以在周作人看来，"言志"与"载道"在某些方面是可以相互融合的。

二　自由派对"言志派"的批评

当时，周作人等人的言志理论一经提出，就受到了多方的质疑，这其中包括左翼作家和其他自由派作家。自由派作家中

① 周作人：《中国新文学的源流》，人文书店，1934，第 29 页。
② 周作人：《责任》，《苦竹杂记》，河北教育出版社，2022，第 202 页。

以朱光潜、朱自清、钱钟书等人的质疑声最大。比如朱光潜在写于抗战后期的《谈文学》中就说："从前中国文人有'文以载道'的说法，后来有人嫌这看法的道学气太重，把'诗言志'一句老话抬出来，以为文学的功用只在言志，……文学理论家于是分文学为'载道'、'言志'两派，仿佛以为这两派是两极端，绝不相容，——'载道'是'为道德教训而文艺'，'言志'是'为文艺而文艺'。"朱光潜认为"载道"与"言志"不是对立的："文艺的'道'与作者的'志'融为一体。"①

朱自清也不赞同周作人的意见，他在《诗言志辨》序中说："现在有人用'言志'和'载道'标明中国文学的主流，说这两个主流的起伏造成了中国文学史。'言志'的本意原跟'载道'差不多，两者并不冲突。现在却变得和'载道'对立起来。"②又说"近来文学批评里常把言志与载道对言，以为言志是个人的抒情，而载道是文以载道。载道，为'五四'以来所反对。但最近又主载道，不过所载之道不同。但是，言志实即载道，二者不应对立"③。

自由派中，钱钟书对周作人的批判最为激烈。1932年，周作人应邀在辅仁大学讲演五四新文学的源流。当时在清华大学外文系读书的钱钟书以中书君为笔名在《新月》杂志发表书评，提出自己的看法，指出周作人"诗言志"和"文以载道"

---

① 朱光潜：《朱光潜美学文集》（第二卷），上海文艺出版社，1982，第243~244页。

② 朱自清：《朱自清古典文学论文集（上）》（全二册），上海古籍出版社，1981，第5~6页。

③ 朱自清：《朱自清古典文学论文集（上）》（全二册），上海古籍出版社，1981，第190页。

划分流派的不妥之处。他认为，"文以载道"的"文"通常只指古文或散文，并不涵盖一切近世的所谓文学；而"诗言志"则主要表达主观的感情。钱钟书认为，"'诗以言志'和'文以载道'在传统的文学批评上，似乎不是两个格格不相容的命题"，"它们在传统的文学批评上，原是并行不悖的，无所谓两'派'"。对附于书后的《近代散文钞》目录，钱氏特别指出周作人不应该忽视张大复这样重要的作家，他的《梅花草堂集》可与张岱的《陶庵梦忆》平分"集公安、竟陵二派大成之荣誉"①。

由于种种原因，周作人对钱钟书的书评并未作回应。钱氏次年又在《新月》杂志发表了《近代散文钞》的书评，年少气盛的钱钟书这次语言犀利："偏有一等人，用自己的嘴，说了人家的话，硬说嘴是自己的，所以话算不得人家的。你还有什么办法？并且用言志、载道等题材来作分派是极不妥当的，我们不用理论来驳，只要看本书所钞的文章，便知道小品文也有载道说理之作。"②

钱钟书写《近代散文钞》书评的时候，周作人的《中国新文学的源流》还没有出版，钱钟书看到的还只是这本书附录的文章选目，但从选目也足够看出此书大概的宗旨。《近代散文钞》是一本明清小品文集，由沈启无根据周作人的意见编写。沈启无编选的文章很好地体现了周作人的想法，《近代散文钞》与《中国新文学的源流》互为表里；钱氏批评，与其说是批评沈启无，不如说是批评周作人。钱钟书的批评是抓住周氏"言志""载道"的区分不当来做文章，利用《近代散文钞》所选

---

① 钱钟书（中书君）：《中国新文学的源流》，周作人《中国新文学的源流·附录三》，华东师范大学出版社，1995，第81页。
② 钱钟书：《近代散文钞》，《新月》1933年第7期。

的文章来堵周作人的嘴，使之陷于自我矛盾之中。

　　对于钱钟书的批评，周作人的回应最早应是 1935 年发表的《中国新文学大系·散文一集·导言》里的一段文字："我这'言志'、'载道'的分派本是一时便宜的说法，但是因为'诗言志'与'文载道'的话，仿佛诗文混杂，又'志'与'道'的界限也有些欠明了之处，容易引起缠夹，我曾追加地说明道：言他人之志即是'载道'，载自己的道亦是'言志'。"① 可见周作人也承认对"言志"与"载道"的说法过于含糊，因此对"言志"与"载道"提法加以明确。但在张大复的问题上，他却坚持自己的看法。1936 年，他发表《梅花草堂笔谈等》对钱钟书有关张大复的说法予以回击，"明末清初的文人有好些都是我所不喜欢的，如王穉登、吴从先、张心来、王丹麓辈，盖因其为山人之流也。……若张大复殆只可奉屈坐于王穉登之次。我数年前偶谈中国新文学的源流，有批评家赐教谓应列入张君，不佞亦前见《笔记》残本，凭二十年前的记忆不敢以为是，今复阅全书亦仍如此想"② 。周作人在《自己所能做的》一文中，再次将"言志"和"载道"两个概念加以厘清："不佞从前谈文章谓有'言志'、'载道'两派，而以'言志'为是。或疑'诗言志'、'文以载道'，二者本以诗文分，我所说有点缠夹……现在如觉得有点缠夹，不妨加以说明云：凡载自己之道者即是'言志'，言他人之志者亦是'载道'。"周作人再次将当初不够清晰的说法明确化，承认自己在这个问题上的主观倾向，但也不难看出，他的基本观点并没有改变。

---

① 周作人：《周作人文类编·本色》，湖南文艺出版社，1998，第 675 页。
② 周作人著，钟叔河编《周作人文类编·千百年眼》，湖南文艺出版社，1998，第 698 页。

时隔多年，钱钟书在出版的修订本《七缀集》中对这番论争还念念不忘："我们常听说中国古代文评里有对立的两派，一派要'载道'，一派要'言志'。事实上，在中国旧传统里，'文以载道'和'诗以言志'主要是规定各别文体的职能，并非概括'文学'的界说。"但后来钱钟书对周作人这种主观的做法所产生的效果又有过肯定。"我们自己学生时代就看到提倡'中国文学改良'的学者煞费心机写了上溯古代的《中国白话文学史》，又看到白话散文家在讲《新文学源流》时，远追明代公安、竟陵两派。这种事后追认先驱的事例，仿佛野孩子认父母，暴发户造家谱，或封建皇朝的大官僚诰赠三代祖宗，在文学史上数见不鲜。它会影响创作，使新作品从自发的天真转而为自觉的有教养、有师法；它也改造传统，使旧作品产生新意义，沾上新气息，增添新价值。"[1] 在"言志"和"载道"问题上，钱钟书一直没有改变他的基本主张，但是，对周作人这种主观做法所产生的历史作用，他表示了同情与承认。

三 左翼作家对"言志派"的批评

此外，左翼文坛对"言志派"也有过大批判，早在1930年，从北平的《新晨报副刊》上刊登黎锦明《致周作人先生函》及至周作人回应，已发生了对周作人的批评。后一批左翼文学青年对周作人的回信《半封回信》进行了为期两个月的逐字逐句的批驳，这也算得上文坛上的一次风波。这件事情无意之中将周作人推到了左翼文学批评的风口浪尖。

借着革命文学已然降临的风云际会，左翼文学者们大胆宣

---

① 钱钟书：《七缀集》，上海古籍出版社，1994，第3页。

布"在这个旧的时代还未毁灭以前"，"绝对不让反革命的著作者站在文坛上"，试图从根本上否定以"周氏兄弟"为代表的五四文学。他们运用阶级分析理论，对周作人的社会属性进行剖析，将周作人与鲁迅一道视作"旧文坛的权威者"，其地位在时代洪流冲击下产生根本动摇是势所必然。他们甚至用居高临下、让人很难接受的口吻，宣布周作人"必然被新的机构所否定，所遗弃，似不幸又似命定的趋于死亡的没落"。①

在左翼文学对"言志派"的攻击中，以一名叫谷万川的左翼作家对周作人的批评最为激烈。谷万川与周作人早已相识，谷万川的《大黑狼的故事》发表在 1920 年代后期，是经周作人推荐才由北新书局出版。周作人还为其作序，可以说谷万川蒙受过周作人的提携。周作人写的《大黑狼的故事·序》中，对具有整理民间文学兴趣的谷万川寄以希望：虽然看到了谷万川从南方参加革命归来后，对文学的感情开始转淡，却仍然劝其下定决心来"干这不革命的文学或其他学问"，"回转来弄那不革命的文学"。② 然而一厢情愿的周作人并不知晓，自己一再宣布"文学本来是不革命"的观点，早已与昔日"爱徒"嫌隙渐生。此篇序言中流露出的这种对革命文学的弱侃态度，或许也正埋下了与这位左翼文学青年的结怨伏笔。1930 年初革命文学狂飙突起的锋锐势头，与谷万川自身的愤激性格相结合，他决定抓住这位五四元老在《半封回信》中对革命文学不够恭敬的"弱点"进行攻击。4 月 15 日《新晨报副刊》上发表了谷万川第一篇批评周作人的文章《文学乐无"煽动能力"耶?》，讥

---

① 非白：《鲁迅与周作人》，《新晨报副刊》1930 年 6 月 4 日，第 622 号。
② 周作人：《大黑狼的故事序》，《周作人自编文集·永日集》，河北教育出版社，2002，第 85 页。

讽周作人自取其辱："如果不坐在象牙塔尖的棉花包上懒洋洋地说风凉话，谁也不来惹你。"真正刺激谷万川的还是黎锦明《致周作人先生函》中希望周作人能出来"主持"文坛局面的提议，谷万川尖酸地讽刺道："在你'周某'尚未被选为'中国读书界全权代表之先'"，文学没有煽动力的结论是"不能成立"的。在他看来，周作人一边拿着版税，一边却批评左翼文学，这本身就充满悖论与讽刺意味。

以《金鱼》为起点，1930 年，周作人接连写作了《虱子》《水里的东西》《关于蝙蝠》《小引》《案山子》《苋菜梗》《两株树》等七篇言志散文。《金鱼》一文，文末，他对一些"少言志而多载道"近于迂腐之文，语含反讽。对于周作人这篇风格独特的《金鱼》，谷万川写了《答复周岂明先生》予以回击，将《金鱼》当作一则爱罗先珂式的童话寓言来解读，斥责周作人为"鱼缸文学的权威者"，充满讽刺挖苦之意味。

由《金鱼》而引发的风波，其深层背景源自 1930 年代左翼文学青年对周作人文学观的反对。进入 1930 年代，左翼青年始对周作人持续思考的五四命题渐渐产生隔膜。有论者就曾对周作人的时事观感中所得出的历史循环论和悲凉感表示不屑，认为这不过是周作人"在报纸上看到一些无稽的谣言"而"引为不平"，对周氏的反封建命题更是存在巨大的理解误差，把周作人独特而犀利的女性论题视作"谈谈'女裤心理'"的消闲之举，认为根本不足为道。虽说，普遍的误读中，不乏有人看到了周作人"清淡的小品文"正蕴含着"反抗精神"，"悠闲"外表之下藏着"讥嘲的话头"，借用周作人自己的话，便是虽然"富有隐遁的色彩，但根本却是反抗的"。但相对而言，左翼文学批评周作人文学观主流的，仍是与被批评对象不在一个对手级别。

周作人很早就理解谷万川的攻击，其实也并非简单的"中山狼"式的个人恩怨，而是其所代表的左翼文学思潮对五四文坛权威的非议与否定。如果不借助左翼思潮异军突起的力量，谷万川等人恐怕还只是跟随周作人的学术趣味、继续搜集"大黑狼"民间故事的无名小卒。然而崭新文学时代既已大幕开启，文学青年就必须抓紧机遇，利用革命文学的话语锋芒，毫不留情地批驳并放大周作人的种种"落伍"言论，用一轮新日照射并凸显前朝文坛耆宿的老迈身影的姿态，抢占文坛的新锐地位。因此，看到这一点的周作人采取了避让态度。

周作人的《中国新文学的源流》问世后不久，鲁迅即写了《听说梦》一文。即使是兄弟，价值取向也有不同。该文表面上是批评《东方杂志》的记者所写的《新年的梦想》，但其中有这样一段话意思非常明显："但他（按：指《东方杂志》记者）后来有点'痴'起来，他不知从哪里拾来了一种学说，将一百多个梦分为两大类，说那些梦想好社会的都是'载道'之梦，是'异端'，正宗的梦应该'言志'的，硬把'志'弄成一个空洞无物的东西。然而，孔子曰，'盍各言尔志'，而终于赞成曾点者，就因为其'志'合于孔之'道'的缘故也。"[①]显然，鲁迅的"追究根源"就是专门针对这位作者"拾到"的"学说"，也就是周作人来的。

关于"志"与"道"之辩，伯韩的观点整体来说是明了地说出了左翼文坛对"言志"一说的态度："不错，小品文是言志的，但言志之中便载了'道'，天下没有无'道'之'志'，

---

① 鲁迅：《听说梦》，《鲁迅全集》（第四卷），人民文学出版社，2005，第481页。

尽管你'道其所道，非吾所谓道'，但总而言之，言志是不知不觉地载了道了。"① 可见，不论自由派还是左翼散文家，反对者们都是从自己的角度出发，认为言志与载道之间没有绝对的区别，"志"与"道"的意义是相互包容，甚至是可以等同的。

当然，以周作人的学问，他不可能混淆这两个基本概念之间的含义，因此可以认定，周作人的言志论除了与质疑者有相吻合的一面外，还有他自己所指向的特定的意蕴，当时大多数人没有看到周作人言志论所包含的其他的含义：那就是没有任何功利目的、具有个人自我色彩的"言说"。这一自我言说侧重的是对自我的情感体验和表达手段，崇拜的是"言志"的方式而非"言志"的内容，重"言"轻"志"，是欲通过具有个性特色的自由言说，表明一个过渡时代学者的思想状态，这才是周作人言志论体系的真正核心内容，是与周作人的文学和文化理想紧紧相连的。正是在这一点上的疑问，才造成了周作人与左翼、自由派之间的基本分歧，导致了对言志论持续的责难。

①　伯韩：《由雅人小品到俗人小品》，陈望道编《小品文和漫画》，上海生活书店，1935，第5页。

第三章

情趣：中国现代散文美学的
生活面向

有了"人"的观念，审美实现现代转型表现手段丰富起来，情趣成为主要的文学表现志趣，成了基本文学生活状态。具体来说，"情趣"作为审美范畴，在散文方面的表现主要有两个方面：一个是散文创作追求"超达深远的情趣"，一个是对"人生艺术化的情趣"的叙写与追求。

刘勰最早将"情趣"一词引入文论中，其《文心雕龙·章句》中说："是以搜句忌于颠倒，裁章贵于顺序，斯固情趣之指归，文笔之同致也。"① 其后很长一段时期，都未见有对"情趣"进行理论梳理的言论。到了清嘉庆时期，洪亮吉在《北江诗话》中始有"另具手眼，自写性情"的论述，到现代散文的萌芽阶段，王国维提出了"境界说"。"境界说"可以说是对古典诗学的总结，集中反映了后经学时代审美的新导向，对现代

① 赵仲邑译注《文心雕龙译注》，漓江出版社，1985，第 295 页。

散文的审美追求具有指导意义。朱光潜的"情趣"说体现在散文领域代表着"第三种文"，其精神旨意与林语堂以"性灵"说和左翼文学的社会性对抗功用不同，至此现代散文一大批学者性文人开始论及情趣这一散文审美范畴。他认为"艺术是情趣的活动，艺术的生活也就是情趣丰富的生活"，将"人生的艺术化"与"人生的情趣化"综合在一起。

第一节　沿袭性情境界的情趣

自《文心雕龙》后，明清的诗论家在评诗论诗中开始将"情"与"趣"和其他诗的内在要素并置，一同纳入诗歌审美的质性要素系统或创作的主体要素系统中，"情趣"作为审美术语出现。

清代，洪亮吉在《北江诗话》里，集中倡导论诗强调"性情""气格"，认为诗要"另具手眼，自写性情"。到现代王国维在《人间词话》里提出了境界说，王式的境界说虽不全为散文所创，但作为近代文艺批评美学的一个指导性理论观点，可以说，现代散文审美深受这个美学概念之惠。宏观意义上，为现代散文的发展提供了方向。美学家朱光潜则明确提出了散文"情趣"说，朱光潜有专门的理论和篇章来对现代散文创作和审美作指导，其审美指向集中体现在"直悟"、非"零度风格"等理念上。

一　《北江诗话》中的"性""情"

清代是我国古代文学的总结时代，诗论、文论不断推陈出新，洪亮吉生于清中期，这是一个诗派纷繁的时代。洪亮吉生性特立独行，不愿苟同于时风，他说"亦作诗话一卷，自屈宋起"，且赋诗宣言："只我更饶怀古癖，溯源先欲到周秦。"①《北江诗话》提出"不名一家"、"自写性情"、诗文之可传者有五："一曰性，二曰情，三曰气，四曰趣，五曰格"② 的理论，明确地将"性""情"分而论之，这些远见也成就了一部承前启后的诗学理论著作——《北江诗话》。

《北江诗话》里，洪亮吉在分析了近百年来的诗歌发展源流变化后，明确地提出了个别宗派的诗歌"自写性情的"美学主张。在《西溪渔隐诗序》中，他说："诗至今日，竞讲宗派，至讲宗派，而诗之真性情真学识不出，尝略论之。康熙中，主坛坫者，新城王尚书士禛、商丘宋尚书荦。新城源出严沧浪，诗品以神韵为宗，所选《唐贤三昧集》，专主王、孟、韦、柳而已，所为诗，亦多近之，是学王、孟、韦、柳之派。商丘诗主条畅，又刻意生新，其源出于眉山苏氏，游其门者，如邵山人长蘅等，亦皆靡然从风。同时海盐查编修慎行亦有盛名，而源又出于剑南陆氏，是又学苏、陆之派；秀水朱检讨彝尊，始则描摩初唐，继则泛滥北宋，是又学初唐北宋之派；博山赵宫赞执信，复矫王、宋之弊，持论一准常熟二冯，以唐温、李为极则，是又学温、李之派。迨乾隆中叶，长洲沈尚书德潜以诗名吴下，专以唐开元、天宝为宗，从之游者，类皆摩取声调，讲求格律，而真意渐离，是又学开元、天宝之派。盖不及百年，诗凡数变，而皆不出于各持宗派，何则？才分独有所到，则嗜好各有所偏，欲合之，无可合也。"③ 洪亮吉论诗尤其注重性

---

①　洪亮吉：《更生斋集》（卷三），清光绪授经堂刻本，第 16 页。
②　洪亮吉：《北江诗话》（卷二），人民文学出版社，1983，第 22 页。
③　洪亮吉：《洪亮吉集》（第 1 册），中华书局，2001，第 218~219 页。

情，以性情有无作为衡量诗歌优劣的标准，所谓"自写性情""诗以代降"成了《北江诗话》论诗的立足点。

《北江诗话》共六卷。这部被后人视为水平"比以前同一类型的诗话要高一些"的著作，"涉及的方面极为广博，举凡金石文字、历史人物、史学、地志、书法以至于科场掌故……莫不数见。其论诗以'性'、'情'、'气'、'趣'、'格'为等第"①。他清醒地认识到"诗文各有所长，即唐宋大家，亦不能诸体并美"，这与曹丕的"文非一体，鲜能备善"不谋而合。他说："诗文之可传者有五：一曰性，二曰情，三曰气，四曰趣，五曰格。""性情之不挚，则无以发其奇"，② 他认为诗人们各不相同的真挚的性情是形成诗歌千姿百态的根本原因。由于每个人的性情不同，所以"韩不仿白，白亦不学韩，故能各臻其极"③。也就是说，一个人不可能各种诗歌体裁都擅长，不同性情的人适合于不同的体裁，也就反映了不同的风格与情趣，如此方能扬长避短，不必硬合一派，强求一律，如果强行别宗派分门户，则会限制人的性情的发挥，造成千首一面，诗道将趋于衰落。在《庄达甫征君春觉轩诗序》中，他还提出了诗不足以传人而人足以传诗的观点，强调"品""气""性情""心思""学术"的重要性，断言一个人只有具备上述各方面的条件而始足以言诗，始足以言诗之传。

洪亮吉如此看重性情，那么他所说的性情又是指什么呢，洪氏"性情"本质大抵如下。他说："诗文之以至性流露者，

① 洪亮吉：《北江诗话·后记》，人民文学出版社，1998，第111页。
② 洪亮吉：《北江诗话》（卷二），人民文学出版社，1983，第22页。
③ 洪亮吉：《北江诗话》（卷一），人民文学出版社，1983，第3页。

自六经四始而外，代殊不乏，然亦不数数观也。"① "性"在他看来是指符合儒家道德规范的人的本能。洪亮吉注重"志行气节，儒林引重"，他认为"诗人不可以无品，至大节所在，更不可亏"②，也就是说，强调性情要符合儒家的伦理道德，尤其注重作家的人品。至于如何养"性"，他提出过"以学养性"的观点，他说："今世士惟务作诗，而不喜涉学，逮世故日胶，性灵日退，遂皆有'江淹才尽'之诮矣……"③诚然，如纯粹论诗学，在他那个时代能推出"性情论"，明显又是"比以前同一类型的诗话要高一些"了。

二　王国维的境界说

王国维在文艺评论著作《人间词话》中提出了"能写真景物，真感情者，谓之有境界"④的观点，"境界"一词不是王国维的独创，据叶嘉莹先生在《王国维及其文学批评》一文中的考究，认为"境界"的出现与佛家经典中的术语有关。"境界"的梵语为"Visaya"，并引佛经《俱舍论颂疏》中"六根""六识""六境"之说，可见唯有由眼、耳、鼻、舌、身、意六根所具备的六识之功能而感知的色、声、香、味、触、法等六种感受才能被称为境界。另据钱仲联先生的考据，在王国维以前或同时，用"境界"一词来评价诗或词的，就有司空图、王世贞、王士祯、叶燮、梁启超、况周颐等。尽管他们的阐说没有

---

① 洪亮吉：《北江诗话》（卷二），人民文学出版社，1983，第 22 页。
② 洪亮吉：《北江诗话》（卷四），人民文学出版社，1983，第 65 页。
③ 洪亮吉：《北江诗话》（卷三），人民文学出版社，1983，第 59 页
④ 况周颐、王国维：《蕙风词话　人间词话》，徐调孚注，王幼安校订，人民文学出版社，1960，第 193 页。

王国维全面，说法也不完全相同，但仍可看作是王国维"境界"说的先河。

"境界"一词追溯古籍，最早出现之处可能是注《诗经·大雅·江汉》中"于疆于理"句，东汉郑玄注云："正其境界，修其分理"，是谓地域范围。《说文解字》中，训释"竟"字（亦作"境"）本义曰："竟，乐曲尽为竟。"为终极之意，又云："界，竟也。"唐代后，已开始用"境"或"境界"论诗，如现已失传的王昌龄的《诗格》中指出："诗有三境"，即"物境""情境""意境"。到明清时代，"境界""意境"已经开始普遍使用。不过如果仔细推敲他们的用法，不难看出"境界"的含义互有参差，尚未形成定式的文学理念，直到晚清民国间的王国维《人间词话》中，"境界"才有崭新、特定的内容，成为近现代独树一帜的文艺理论。他认为：

> 文学之事，其内足以摅己，而外足以感人者，意与境二者而已。上焉者意与境浑，其次或以境胜，或以意胜。苟缺其一，不足以言文学。原夫文学之所以有意境者，以其能观也。出于观我者，意余于境。而出于观物者，境多于意。然非物无以见我，而观我之时，又自有我在。故二者常互相错综，能有所偏重，而不能有所偏废也。文学之工不工，亦视其意境之有无，与其深浅而已。
>
> 夫古今人词之以意胜者，莫若欧阳公。以境胜者，莫若秦少游。至意境两浑，则惟太白、后主、正中数人足以当之。静安之词，大抵意深于欧，而境次于秦。至其合作，如《甲稿·浣溪沙》之"天末同云"、《蝶恋花》之"昨夜梦中"、《乙稿·蝶恋花》之"百尺朱楼"等阕，皆意境

两忘，物我一体。①

此上，王国维归纳为境界说，提出"境非独谓景物也，喜怒哀乐，亦人心中之一境界。故能写真景物、真感情者，谓之有境界。否则谓之无境界"的观点，在王国维看来，境界、意境、境都是相似的概念。② 意境的有无，全在"真"与"不真"。王国维认为，这个"真"就是"真景物""真感情"，正所谓《文学小言》里说的："文学中有二原质焉：曰景，曰情。前者以描写自然及人生之事实为主，后者则吾人对此种事实之精神的态度也。故前者客观的，后者主观的也；前者知识的，后者感情的也……要之，文学者，不外知识与感情交代之结果而已。苟无锐敏之知识与深邃之感情者，不足与于文学之事。"③ 写景，取诸自然，由心灵相生发，能给读者以"顿悟"的感受，达到与心而徘徊的功效则是真景物；若写情，取诸己心，放于外物"着手成春"，能让人有"与心戚戚焉"则是真情感。真景物是人的理念与外景物形式的完美结合，真情感是诗境生动直观与寄兴深微的统一，皆致力于个人情感的解放。

王国维这一美学思想的提出，与五四学者对流俗文坛流派

---

① 姚淦铭、王燕主编《王国维文集》（第一卷），中国文史出版社，1997，第 176 页。

② 有学者认为王国维的意境论与境界说区别很大，《人间词乙稿序》所体现的理论是意境论，而《人间词话》的观点则是"境界说"。其意境论流露的是西方式分析推理，所以被冠为新审美术语——"意境论"，而其"境界"说则体现的是中国传统诗话、词话的特色，重直觉感悟和经验描述，可称为"境界"说。但在此处，"意境论"和"境界说"都是讨论同一事物而衍生出的各不同的东西方描述。

③ 姚淦铭、王燕主编《王国维文集》（第一卷），中国文史出版社，1997，第 25 页。

审美的深恶痛绝无形中不谋而合。胡适就抨击说："近世文人沾沾于声调字句之间，既无高远之思想，又无真挚之情感，文学之衰微，此其大因矣。"① 陈独秀也发出感慨："求夫目无古人，赤裸裸的抒情写世，所谓代表时代之文豪者，不独全国无其人，而且举世无此想。"② 正因"真情实感"的缺失，陈独秀提出"立诚"的抒情写实文学，作为文学革命的三大主义之一。

王国维的"境界说"（意境论）中，很大程度涉及根本之"观"的理念。"观"的意义非常重要，乃意境产生的基础。而"观"的内涵可以从东西方两种思想传统来加以梳理。王国维认为，现实人生唯有借助美和艺术，才能从痛苦的生活中超脱出来，大概只有美是"不与吾人之利害相关系"的，只有美和艺术才能"使吾人超然于利害之外"。王国维曾花费大量工夫研究康德、叔本华的哲学、美学思想，且接受了他们有关审美无利害的观点，把审美与人生紧密联系起来。他在《叔本华之哲学及其教育学说》一文中写道：

> 此利害之念，竟无时或息欤？吾人于此桎梏之世界中，竟不获一时救济欤？曰：有。唯美之为物，不与吾人之利害相关系，而吾人观美时，亦不知有一己之利害。何则？美之对象，非特别之物，而此物之种类之形式，又观之之我，非特别之我，而纯粹无欲之我也。③

---

① 胡适：《文学改良刍议》，《新青年》1917 年第 5 期。
② 陈独秀：《文学革命论》，《新青年》1917 年第 2 期。
③ 姚淦铭、王燕主编《王国维文集》（第三卷），中国文史出版社，1997，第 321 页。

此处"观美""观之"，都是指对美的对象的鉴赏，不仅仅是日常所说的美丑。王国维强调，正在进行审美的人，不能等同于日常生活中的一般人，应该是一个"纯粹无欲"的人。只有"纯粹无欲"的人，才能发现"物之种类之形式"，也就是叔本华提出的事物的"理念"（王国维将其译为"实念"）。王国维在《古雅之在美学上之位置》一文中还说："美之性质，一言以蔽之曰：可爱玩而不可利用者是已。虽物之美者，有时亦足供吾人之利用，但人之视为美时，决不计及其可利用之点。其性质如是，故其价值亦存于美之自身，而不存乎其外。"①

这说明美、美感、审美活动的最大特点是非功利性，人在审美静观中处于一种物我两忘、情景交融的无差别状态，物、我对立关系的消失，意味着生活欲望的消失和痛苦的短暂超脱。

王国维对于其自创的境界说，在《人间词话》的删稿第13条有总结性发言："言气质，言神韵，不如言境界。有境界，本也。气质、神韵，末也。有境界而二者随之矣。"② 这话表明王国维自觉地将自己的"境界说"与古代的"气质""兴趣""神韵"三种观点进行了区分比较，认为只有"境界说"才是"探本"之论，只有境界才是文艺作品之"本"，其他三种都是"末"。

王国维的境界说确实比古人的文艺理论前进了一大步，他作为东西交融的文学理论大家，作为现代文学理论的开山之祖当之无愧。因为散文理论是文学理论的一支，那么，称王国维

---

① 姚淦铭、王燕主编《王国维文集》（第三卷），中国文史出版社，1997，第31页。
② 姚淦铭、王燕主编《王国维文集》（第一卷），中国文史出版社，1997，第160页。

是现代散文审美学上的开宗之师也未尝不可。况且，对于散文创作的艰难，王国维有句话定位精准。王国维说："散文易学而难工，韵文难学而易工。近体诗易学而难工，古体诗难学而易工。小令易学而难工，长调难学而易工。"① 王国维一语道出了散文的真谛，"易学"的是形式的"散"与文字驾驭的技巧或心情的随意、诚挚与丰盈的分取；"难工"的是将形式美、语言美与情感美的合取以及将客观的社会、宇宙，反射于主观情感的表现空间的难以把控。散文创作的宗旨是从全部客观图像中引出自己强烈的爱憎感情并寓于美的语言和美的文体结构。

三　朱光潜的情趣说

现代散文的兴盛时期，美学家朱光潜也介入过美学范畴的研究，有过关于散文美学的一系列论述，他关心最多的是散文的本质。

散文与诗歌是人类最古老的两种文体，朱光潜采用的是比较研究的方法（具体问题上是比较排他法，就是把两种或两种以上的物质或现象放在一起比较，通过比较逐步排除非本质，从而得出研究体的本质核心）。在诗学理论已经比较成熟的局面下，他通过诗学研究来建立自己的散文理论，认为诗与散文的问题实质是内容与形式问题的一部分，以此来解决散文的美学疑问。其实，这些散文理论与他的其他文学理论一样（如《诗论》），实则仍可以归纳进他的情趣说。

朱光潜很在乎人生，他在《给青年的十二封信》《谈美》两书中的核心思考就是有关人生的。朱光潜认为"人生第一桩

---

① 姚淦铭、王燕主编《王国维文集》（第一卷），中国文史出版社，1997，第 159 页。

事是生活"，"我所谓生活是'享受'，是'领略'，是'培养生机'，假若为学问为事业而忘却生活，那种学问事业在人生中便失其真正意义与价值，因此，我们不应该把自己看作社会的机械，一味迎合社会需要而不顾自己兴趣的人，就没有明白这个简单的道理。"① 从上，我们可以看到朱光潜的"享受""领略"生活实则是生活情趣一说的偶合。

朱光潜继续沿用王国维"境界"的概念，又在此基础上作出了自己的阐释："每个诗的境界都必有'情趣'（feeling）和'意象'（image）两个要素。'情趣'简称'情'，'意象'即是'景'。"朱光潜将王国维的"景物"换成了"意象"，又将"感情"置换成"情趣"，从而得出他自己的新观点："诗的境界是情趣和意象的契合"。②

朱光潜强调散文"需吐肚子直书""理由情生"的理由是，他认为散文是与内心性情紧密联系在一起的，主体性缺失的散文言之无物。还强调"言之无文，行之不远"，文学作品倘若加上恰当的艺术与修辞上的加工，就能很好地发挥其审美功效。对于散文"我的最得意的文章是情书，其实是写给朋友说心里话的家常信。在这些书信里面，我心里怎么想，手里便怎么书，吐肚子直书，不怕第三人听见，不计较收信人说我写得好，或是骂我写得坏，因为我知道他，他知道我，这对于我是最痛快的事"③。

他在《给青年的十二封信》的代跋里说："我所要说的话，都是由体验我自己的生活，先想到（feel）再想到（think）的。

① 朱光潜：《朱光潜全集》（第一卷），安徽教育出版社，1993，第 34 页。
② 朱光潜：《朱光潜全集》（第三卷），安徽教育出版社，1993，第 54 页。
③ 朱光潜：《朱光潜全集》（第三卷），安徽教育出版社，1993，第 426 页。

换句话说，我的理都是由我的情产生出来的，我的思想从心事出发而后经过脑加以整理的。"①

朱光潜的"为自己而写"的散文主张与林语堂等人提倡的"性灵说"有所不同。朱光潜是不赞同"表现与性灵"的。他在《论小品文》中说道："'古文'为世诟病，就因为它是假古董，我们生活在 20 世纪，硬要大吹大擂地捧晚明小品文，不是和归有光、方苞之流讲'古文'的人们同是闹制造假古董的把戏吗？"② 朱光潜认为林语堂们倡导的是"假古董"，已经不适合"生活在 20 世纪"，他担心散文（小品文）的仿古带来"制假"，一方面性情不高，品位不高；另一方面又失去了与当下时代的感应，不能起到针砭时局、匡扶人心的社会功用。朱光潜的散文观散发着入世的气息，其态度是积极的。

朱光潜的散文观念与左翼文学也是根本不同的。左翼文学把散文（杂文）纳入两极对抗话语体系，视之为"感应的神经，攻守的手足"，用于社会批判与具体的阶级斗争中。可以说左翼的观念与林语堂们的"性灵"说代表了两个极端。朱光潜并不这样认为。他在《"当局者迷，旁观者清"——艺术和实际人生的距离》一文中说："艺术一方面要能使人从实际生活牵绊中解放出来，一方面也要使人能了解，能欣赏，距离不及，容易使人回到实用世界，距离太远，又容易使人无法了解欣赏。"③

可以说朱光潜属于"第三种人"，他的散文体系属于"第

① 朱光潜：《朱光潜全集》（第一卷），安徽教育出版社，1993，第 87 页。
② 朱光潜：《朱光潜全集》（第三卷），安徽教育出版社，1993，第 427 页。
③ 朱光潜：《朱光潜全集》（第二卷），安徽教育出版社，1993，第 17～18 页。

三种文"。他最关心的是人何以精神化地成长，如何摆脱实际
物语的"牵绊"；又忌讳社会政治领域对人的限制。朱光潜从
人本主义、自由主义出发，转而提倡"人生的艺术化"。朱自
清为朱光潜的《谈美》作序时对朱光潜的"人生的艺术化"做
过阐释："'人生的艺术化'一章是著名的例子，这是孟实先生
自己最重要的理论，他分人生为广狭两义：艺术虽与'实际人
生'有距离，与'整个人生'却并无隔阂；因为'艺术是情趣
的表现，而情趣的根源就在人生。反之离开艺术也便无所谓人
生，因为凡是创造和欣赏都是艺术的活动。'"①

　　"人生的艺术化"的"直悟艺术"乃情趣的表现形式，在
朱光潜的"人生的艺术化"中，"情趣"是核心的概念，"情
趣"也有自己的"境界"，所谓情趣是"一件极寻常的事，却
也是一件极难的事"，因为一时拥有情趣简单，但人生长久如
此的情趣化追求，不太容易。"人生本来就是一种较广义的艺
术"，朱光潜并没有模糊人生与艺术的界限，而是认为"艺术"
为了"人生"，提升生活层次，在艺术创作中与审美对象水乳
交融，使审美活动成为一种能够既融汇现实又超越现实，并能
实现人的主体性的一种可能方式。

四　钟敬文的"情绪"

　　郁达夫曾经给予钟敬文的散文创作高度评价，认为他的散
文清朗绝俗，是继周作人、冰心之后类似散文风格的延续。
1934 年，阿英编《现代十六家小品》，他认为钟先生的散文不
少篇章是"新文艺的小品中的优秀之作"，对于钟敬文早期的

---

① 朱光潜：《朱光潜全集》（第二卷），安徽教育出版社，1993，第 100 页。

散文创作，众论者认为与周作人风格颇相似，连钟敬文自己也这样认为："我的文章，很与周作人先生的相像，几位朋友都是这样说过。去冬聂畸从俄京来信云：'你的文章，冲淡平静，是个温雅学人之言，颇与周凯明作风近似。'昨日王任叔在香港来信也说：'你的散文是从周作人《自己的园地》里走出来的……不过周作人的散文冲淡而整齐，含意比较深，你的散文，冲淡而轻松，含意比较浅。这怕也是年龄的关系吧。"①

阿英在《现代十六家小品》中所作的《钟敬文小品序》也将钟敬文归入周作人散文的流派，他认为钟敬文的散文"事实地帮助了周作人一流派的小品文运动的发展的"。也就是说，在 1930 年代，作为现代散文中最流行的流派，钟敬文的散文也是归于其中的，在相当时间内，认为他的散文在风格上与周式流派相似相近，这是学界形成的共识。钟敬文的散文创作，也确实是受了周作人的影响，例如他的第一部散文集《荔枝小品》，其中有部分作品就可以看出周作人式闲话体的风貌。20世纪之后，特别是钟敬文逝世后，钟敬文早年的散文创作被重新发掘，这时有论者指出钟敬文散文的独异之处，虽大体方向仍是"周作人体系里面的一个支流"，但钟敬文散文有在"'平和冲淡'总体风格的一致性下"所显示的独异。②

这主要是因为钟敬文后期的散文创作摆脱了周式话语体系，已从闲话语体转换成了抒情语体，风格也不是平和冲淡，而是透发着感伤愁闷的气息，体现了一种典型的诗人"情绪"。本

① 钟敬文：《荔枝小品题记》，《荔枝小品·西湖漫拾》，河北教育出版社，1994，第 8 页。

② 李春雨：《论钟敬文的诗化散文——兼谈钟敬文与周作人散文的比较》，《鲁迅研究月刊》2003 年第 7 期。

质上，钟敬文的美学心理是属于诗人的，散文中的抒情成分就多些，感情表达大都直露。例如，钟敬文有一篇散文《谈雨》，从阴雨绵绵谈起，这雨引发了他的无限伤感与惆怅："单调的淅沥的声音，煞趣的黯淡的颜色，多么凄闷啊。"而后回忆起小时候下雨天饶有兴味的玩耍时的一丝喜悦，但很快喜悦就幻灭了："粉红色的儿童时代，已过得迢远了。而今的雨天，于我只有孤闷怅触的给与；欣慰的梦，好像永远离开我千里而遥了！"

显然，这体现的是诗人的"情绪"，钟敬文是任情而发，"感情表达也比较直露"①。即使是对于自己的出生地，他也有感而发："这实在使我时常想起来，有点懊恼。为什么不生在那周、汉故都的秦、豫之乡，又不生在那风物妩媚的江南之地，却偏偏生长在这文化落后蛮僚旧邦的岭南？"他有关那些记人、忆昔及抒怀的小品，也都是或回首往事，或缅怀故人，或直抒胸臆，交织、充溢着感伤、惆怅的情愫。这从他作品的题目就能感受到明显的"情绪"，如《逝者如斯》《请达夫喝酒的事是不果了》《秋宵写怀》等。正如他自己所说的，他的散文"感伤主义的调子是比较浓重的"②，当然，他的"感伤主义"调子是有情可依的，一方面，大革命失败给那个时代蒙上了黑暗的阴影；另一方面，他的个人处境也比较艰难，遭逢排挤，比起早些年的轻松自如，他的情绪已经转化到透露着诗人的忧伤和感怀。如他的《莼菜》中，"感伤主义的调子"也无处不在，

① 黄景忠：《论钟敬文先生早期的散文创作》，《韩山师范学院学报》（社会科学版）2005 年第 2 期。
② 钟敬文：《两部散文集重印题记》，载钟敬文著《沧海潮音》，黑龙江人民出版社，2002，第 169 页。

"最近二三年来，故乡日陷于扰攘之中，不要说田野里的麻豆，会给无情的炮火烧炙死，恐连种植它的农夫们，也多半已死亡或流播失所了！我也知道这是大时代中不容易闪躲的现象，并且年来一切如重涛叠浪似的悲感，已把我锐利而脆弱的神经刺激得麻痹破碎了，但我仍然不免有些戚然，当我无意地想起了这今昔悬殊的景况。"

他散文散发的感伤、忧郁的气韵随着个人文体的成熟变得浓厚，《悼西薇君》《记一个台湾人》《陶元庆先生》篇篇如此。因为时局的混乱，个人受挫折，钟敬文只好逃避到大自然的怀抱之中。他的大多数作品，尤其是游记小品，让读者看到的是一个沉醉在幽深、清旷的自然山水之中，浑然忘怀了人与自然、物与我分离的钟敬文。这些游记小品是在"从内容到风格上都表现着受过古典文学（特别是宋、明才子派的散文小品）熏陶的痕迹"后"充满着由于旧文学所养成的山林趣味"，① 但是，与生俱来的"情绪"仍在延续，心中仍充盈着忧愁和感伤情怀。钟敬文在散文文体创作中喜欢描摹、营造清幽寂寥的意境，以表达自己凄冷、孤独的心境。

作为一个诗人，钟敬文的随笔散文还有一个重要的文体特征就是"散漫"。"散漫"首先体现在结构的随意化，钟敬文的散文全文往往没有设置一个凝聚点，一个"文眼"，而是在这多点透视上，随意地抒写自我熟悉的随笔小品。"散漫"还体现在多种笔法的交叉运用上。对此林非先生是这样评价的："他的许多篇章都是如此，既娓娓而谈，又描绘自己的见闻和印象。他将历史典故的议论、自己经历的回忆，跟眼前景色的

---

① 钟敬文：《写作小品文的经历》，《钟敬文文集（散文随笔卷）》，安徽教育出版社，2002，第758页。

描绘错综地交织在一起，因而读来觉得亲切有味。"① 钟敬文的散文风格经历了前期的诗意流尚型风格和后期的观照现实型风格，他把地方风俗物事与散文写作巧妙融合，能够将写景、叙事、抒情、议论灵活运用，将诗词典故、景致见闻及情感知觉融为一体，使文章显出自然、从容的节奏和灵动、流逸的笔调，凸现了钟敬文舒徐自在、从容不迫的气度。

第二节　情趣作为现代美学追求及其现代性

在古代，少有文论家从情性表现的角度去阐述情趣。严羽《沧浪诗话·诗辨》言："诗者，吟咏情性也。盛唐诸人惟在兴趣，羚羊挂角，无迹可求。故其妙处透彻玲珑，不可凑泊，如空中之音，相中之色，水中之月，镜中之象，言有尽而意无穷。"② 这算是少见的例子。情趣有特指狭义和泛指广义之分。特指狭义的是"情"与"趣"是紧密结合的社会的产物，指人与人之间因为情感交汇、撞击所激发出来的人生趣味，亲情、友情、爱情都是培植人间情趣的社会土壤。特指的情趣产生有两种情况：一、因情生趣，二、因趣生情。泛指广义是指人的生存方式与生活状态具有一定的趣味和风尚。我们这里所用的是广义的情趣。情趣作为散文在美学方面的追求包括两层意思：对"人生艺术化的情趣"的叙写，创作追求"超达深远的情趣"。

一　人生艺术化的情趣

"情趣"在我国是一个与兴趣、意趣、理趣、风趣、机趣、

① 林非：《现代六十家散文札记》，百花文艺出版社，1980，第71页。
② 钟嵘著，曹旭集注《诗品集注》，上海古籍出版社，2011，第220页。

骨趣、旨趣、归趣、景趣、境趣、志趣、见趣、识趣、宗趣、章趣、谐趣、神趣、事趣、义趣、意外之趣等在同一个美学分类层次的"趣"的二级范畴。它作为"趣"的一种主要审美形态，基本上与兴趣、意趣、理趣、风趣、机趣并置，但"情趣"所涵括的现实内涵却比其他"趣"的审美意蕴要大很多。"情——趣"的词根拓展带来以下论证关系：一、情性表达是得趣的前提；二、唯有"真情"才有"真趣"；三、情性的自由表达又是得趣的内在关节之一；四、"情"一定要在与物相融、相触而"兴"的基础上生"趣"；五、反过来，有"趣"也可使作品呈现出多情的特征。

到现代社会后，"情趣"的美学范畴发生了变化，还可以理解为一种具有艺术旨趣的生活方式和态度，讲究生活艺术化、情感化，追求生活趣味，诗意地栖息，艺术地觉察等等都可以归纳为情趣。人们追求情趣，就是以丰富多彩的艺术生活方式来充盈自己的时间，长久地保持一种健康向上的生存状态与心理状态。可以认为，情趣多是社会关系的产物，因为人是情感生物，相互间的人际关系需要靠情感来维持，情感似乎具有魔力，酝酿着情趣，能使很多平凡、日常的事物变得趣味盎然。

《文心雕龙》里说："登山则情满于山，观海则意溢于海"，显然，人类的心理活动左右了"情"与"趣"，"情"与"趣"的创造与感知，需要参与人有恰当的心境，人的心理状况好坏，直接影响情趣的产生及抒发。这类心境与情趣在现代乃至当代散文中的体现比比皆是。心境的好坏与时代环境、个人际遇密切相关，也是个体对这些外部因子所采取的态度的外在表现。当代作家王孝廉的回忆散文《小茅屋》里说："附近的人有的说是以前的强盗在那里分赃，有的说是上山打猎的猎人们在那里暂时休息住几天，也有人说茅屋里原住着一对贫穷的农家夫妇，丈夫被日本军征到南洋去作战死了，妻子就吊死在屋后的竹林子里"，这茅屋充满了历史残酷以及现实遭遇，"虽然茅屋确实是在山脚下竹林中，虽然我们是竹床、竹桌、竹椅、竹窗地与竹为友，但就是现在回想起来，也实在无法产生什么诗意的田园情趣的"①。显然"我们"的心境与小茅屋的历史与现实紧密相关。

经历五四思想启蒙后，情趣社会化的产生与兴盛、宣扬，开始从现代社会里衍生，懂不懂得生活情趣，成为衡量个体文化素养的重要标志，只有个人的文化素养深厚，才会创作出超达深远的人生情趣。情趣关系着个人生活质量，更重要的是，情趣在现代社会里是通过人际交往与意识流传而实现的，情趣的有无，成为社会体系的评价标准之一，这套评价标准包括文化修养、艺术涵养、审美品位、品味生活、善待人生等诸方面，它的建立也是现代社会形成的标志。情趣的全社会化，当然和自由等一些现代概念有关，可以认为集体性的情趣表现是在现代社会里逐渐形成并成熟的。

周作人特别注重从生活与作文中去寻求"趣味"，"以为这是美也是善，而没趣味乃是一件大坏事"，"平常没有人对生活不取有一种特殊的态度，或淡泊不经意，或琐琐多有取舍，虽其趋向不同，却各自成为一种趣味"②，读者从中可以强烈地感受到他的生活观，以及对"趣味"的独特见解，值得注意的

---

① 王孝廉：《小茅屋》，载李春林选编《情趣小品》，长江文艺出版社，1995，第 27 页。

② 张明高、范桥编《周作人散文》（第二集），中国广播电视出版社，1992，第 616 页。

是，这始终建立在对"生之悲哀"的深刻体悟，是从对"生之悲哀"的体悟出发，来分享"生之趣味"的愉悦的。

郁达夫的感伤颓废之美也是一种典型的生活化情趣，情趣化更大量体现在他的美学思想里，他说"悲哀之词易工"，"悲哀之感染，比快乐当然来得速而且切"。从这种美学观出发，他的散文继承了传统文学里的"为情造文"的传统，热衷于营造悲哀之情。

二　超达深远的情趣

散文，作为写作个体最具有自我表达功能的文体，是以情感为生命线的一种文体，其对情趣的表达与再现，必然成为现代散文的美学追求目标。郁达夫概括性地描述了现代散文的主要特征："个人"的发现，取材范围的扩大，人生、社会性和大自然的调和以及幽默味的增强，从某种意义上来说，其旨意都是指向情趣的。

首先，情趣是现代散文的重要特征。如同政论文、议论文的目的是以理服人，散文也有自己的写作目的，因为有"情"就有"趣"，哪怕有时是气愤之情，也要在散文中体现出不一般的"趣"。如周作人所说："我写文章的毛病，直到近来还是这样，便是病在积极，我不想写祭器文字，因为不相信文章是有用的，但是总有愤慨，做文章说话知道不是画符念咒，会有一个霹雳打死妖怪的结果，不过说说也好，聊以出口闷气。"①散文的创作目的是打动人，衡量散文作品是否成功的标准，就是能否引起读者的共鸣，对读者的内心深处引起某种触动，照

---

① 周作人：《关于写文章》，《苦茶随笔》，北新书局，1936，第 292 页。

龙应台的话说，好的散文绝不只是"浮面的美文，它以作者感情和思想的深刻为读者带来'发现'"①。

其次，情趣往往是与美感联系在一起的。情趣是美感的驱动力，极易激发人的内心情愫，引起共鸣。尹雪曼在《柏林的窗花》中说："缺少情趣，就缺少美感"②，只有主题具有催发情趣的情况下，在自然或人文的环境中，审美主体才会拥有审美兴致、审美情怀与审美愉悦等一系列美感活动。因此郁达夫说："有感觉的动物，有情趣的人类，对于秋，总是一样的能特别引起深沉，幽远，严厉，萧索的感触来的。"③ 超达深远的情趣就是现代散文的美学追求，因此郁达夫说："在船上听雨，在水边看雨的风味，又是一番别样的情趣。"④ 梁实秋说："散步的去处不一定要是山明水秀之区，如果风景宜人，固然觉得心旷神怡，就是荒村陋巷，也自有它的情趣。"⑤ 何为说："游罢潮音洞，暂入紫竹林，绕禅院一周，踏着积年的满地竹叶，响起一片窸窸窣窣的足音，别有一番情趣。"⑥高准说："其实不必说是什么'胜景'，只是那一份情趣罢了。春来时的青梅如豆，细柳如眉；春秋不绝的扑鼻的桂花；夏日高朗的晴空；晨

---

① 南方周末访谈——十问龙应台。
② 尹雪曼：《柏林的窗花》，载祝勇主编《深山书简》，北方文艺出版社，2008，第192页。
③ 郁达夫：《故都的秋》，《郁达夫全集》（第三卷）"散文"，浙江大学出版社，2007，第190页。
④ 郁达夫：《屯溪夜泊记》，《郁达夫全集》（第四卷）"游记自传"，浙江大学出版社，2007，第115页。
⑤ 梁实秋：《散步》，《梁实秋散文》（第一集），中国广播电视出版社，1989，第263页。
⑥ 何为：《普陀三日记》，转引自邓牛顿《美学笔记：情趣论》，《上海师范大学学报》（社会科学版）2001年第9期。

光熹微的群山……永远是一份安闲与爽朗，宁静与清趣。"① 吴伯箫说："傍山人家，是颇有情趣的……"②"美"建立在情趣之上，台湾作家琦君说："人若没有了愿，就没有了热诚，也失去了生活的情趣，恐怕连山水田园之乐，都不能体会了。"③美的获取在于审美情趣的积极性，只有在情趣之上，审美时空才会有多向和多维的探索可能。

再次，情趣是现代散文美学追求目标之一。情趣作为散文的重要特征，表现情趣成为现代散文的美学追求，在我国传统古文里就有"为情造文""文发乎于情"的论述。清代学者洪亮吉说："诗文之可传者有五，一曰性，二曰情，三曰气，四曰趣，五曰格。"对于上述五者，洪亮吉更看重"趣"，他说："趣，亦有三，有天趣，有生趣，有别趣。"④ 这里，洪亮吉对诗文之"趣"的分类明显是根据诗文的内容题材而分。就现代散文来说，因为情趣的存在，散文才有"美文"的盛誉，而现代散文中大量的美文存在也无不证明了这一点。散文作为个人化的艺术手段，必然带来个人化的审美情趣。生活化的情趣在散文中的体现也比比皆是。

张爱玲的散文着力营造出一种情趣美，她试图用都市之声、世俗之乐这样的俗的语言来表现文章的"趣"，在看似媚俗、疏散之气中蕴含自然、休闲的情趣之美。张爱玲在散文《自己

① 高准：《雾社庐山记》，转引自邓牛顿《美学笔记：情趣论》，《上海师范大学学报》（社会科学版）2001 年第 9 期。
② 吴伯箫：《山居》，转引自邓牛顿《美学笔记：情趣论》，《上海师范大学学报》（社会科学版）2001 年第 9 期。
③ 琦君：《方寸田园》，转引自邓牛顿《美学笔记：情趣论》，《上海师范大学学报》（社会科学版）2001 年第 9 期。
④ 洪亮吉著《北江诗话》（卷二），人民文学出版社，1983，第 22 页。

的文章》中陈述了自己的美学观："我喜欢朴素，可是我只能从描写现代人的机智与装饰中去衬出人生的朴素的底子。因为我的文章容易被人看做过于华靡。……我也并不赞成唯美派。但我以为唯美派的缺点不在于她的美，而在于她的美没有底子。溪涧之水的浪花是轻佻的，但倘是海水，则看来虽似一般的微波粼粼，也仍然饱蓄着洪涛大浪的气象的。"①

周作人的"闲适"散文主张更是对散文情趣之美的最好佐证。他认为他的文字创作："一批评的，是学术性的，二记述的，是艺术性的，又称作美文。"② 他在实践中"很看重趣味，以为这是美也是善，而没有趣味乃是一件大坏事"③。"我希望在我的趣味之文里，也还有叛徒活着。"④ 由此看来，追求趣味、表现趣味是他散文创作一以贯之的审美态度。又因他是五四新文化运动的先驱者，所以他的叛逆精神的时隐时现，又使他的充溢着隐逸色彩的"趣味之文"在平淡的行文中包藏着深刻的意味，呈现出一种朴实而冲淡的独特风韵。

第三节　情趣的诸种现代形态

情趣是一种颇具诗意的生活的艺术和生命的存在形式具体体现为讲究生活品位，追求艺术造诣。在散文创作中，由于写作客体对象选择以及写作主体价值取向的不同，也存在着诸多

---

① 张爱玲：《流言》，北京十月文艺出版社，2009，第 152 页。
② 周作人：《美文》，《周作人自编文集·谈虎集》，河北教育出版社，2002，第 29 页。
③ 周作人：《笠翁与随园》，《周作人自编文集·苦竹杂记》，河北教育出版社，2002，第 60 页。
④ 周作人：《泽泻集》（序言），北京十月文艺出版社，2011，第 1 页。

表现形态。接下来介绍较有代表性的几位。

一 周作人的雅趣与俗趣

周作人要求散文创作有"味"和具有"风致"。在《杂拌儿之二序》中，他说道："此外似乎还该添上一种气味，气味这个字仿佛有点暧昧而且神秘，其实不然。气味是很实在的东西，譬如一个人身上有羊膻气，大蒜气，或者说有点油滑气，也都是大家所能辨别出来的。"① 这里的"味"其实是指趣味。

"味""风致"实则是一种散文主张，凸显一种个性和性情的显现，要求作者人生的在场，作者务必全身心地置身于散文创作中，用自己独有的腔调来进行表达。周作人的散文就有独特的"风致"和"味"，平淡、涩味、苦味都可以归纳于其中。

一方面，是指淡而且深的寂寞之苦，周作人在《有岛武郎》中吐露心境，"我因为寂寞，所以创作"，"我因为欲爱，所以创作"。另一方面，又蕴含一种淡淡的喜悦，苦中求乐，忧患中求洒脱，即周作人所概括的"凡人的悲哀"。②

周作人对"苦味人生"情有独钟，将住所命名为"苦雨斋"，自命为"苦雨翁"，喝的是"苦茶"，以《苦竹杂记》《苦口甘口》作书名，这在一味追求"含蓄"的周作人是反常的，足见其用心之"苦"。在这些现实中的苦中，他立意寻求自我解脱，又蕴含一种喜悦，也是苦中品真味，这也就是废名从周作人散文中读出来的苦味。而涩味，用陈思和的话

---

① 周作文著文，钟叔河编订《知堂序跋》，中国人民大学出版社，2004，第331页。
② 张明高、范桥编《周作人散文》（第三集），中国广播电视出版社，1992，第232页。

说是："他的文体不通俗，不流畅，非常苦涩，越到后来越是难读。这是由于他思想的深邃与表达的特别，所以言行不肯随波逐流……"①

这种涩味在表达上首先是一种技术性的迂回，欲言又止，这是形式上的巧设。而内容上，主要是言说本身的自我消解，常常是后一句是前一句的转折，不断消解、延伸前面的意思，或提出相反意见。这种设置，防止了文章的一览无余，迫使读者慢下来，带给读者更多阅读过程中的趣味。因此舒芜、刘绪源评价周作人的散文是"癯而实腴"，这些也表现在了周作人散文的知识的渊博和对细节追求的完美。

"趣味"之深意经常出现在周作人的论述里。在周作人看来，人生、写作，都是一种特殊的"消遣"，就是"好玩"。那么，"趣味"就是生活中必不可少的。周作人说："我很看重趣味，以为这是美也是善"，"平常没有人对于生活不取有一种特殊的态度，或淡泊若不经意，或琐琐多所取舍，虽其趋向不同，却各自成为一种趣味"②。在周作人这里"趣味"是将人生态度与审美情趣统一，是将人生价值与审美判定统一，是将为人品与为文的风格统一。周作人在《〈燕知草〉序》中说："我想必须有涩味与简单味，这才耐读……以口语为基本，再加上欧化语、古文、方言等分子，杂糅调和，适宜地或蓄意地安排起来，有知识与趣味的两重的统制，才可以造出有雅致的俗语文来。"

周作人还追求"趣味"的丰富性，他说："这所谓趣味里

① 陈思和：《中国现当代文学名篇十五讲》，北京大学出版社，2003，第106页。

② 周作人：《笠翁与随园》，《周作人自编文集·苦竹杂记》，河北教育出版社，2002，第60页。

包含着好些东西，如雅，拙，朴，涩，重厚，清朗，通达，中庸，有别择……"在多种趣味的追求中，又存在着一个中心点，即雅与谐的统一。周作人曾经谈到日本俳文的境界："一是高远清雅的俳境，二是谐谑讽刺，三是介在这中间的蕴藉而诙诡的趣味……"显然，他是更倾心于融"雅趣"与"谐趣"为一体的第三种境界的。对于"雅"，周作人有自己的解释："这只是说自然，大方的风度，并不要禁忌什么字句，或者装出乡绅的架子。"① "自然，大方"实际上讲究的就是个"适度"，周作人将"雅"具体化后，必然归结为"明净的感情与清澈的智理"的"调合"，这体现了"中和之美"的"乐而不淫，哀而不伤"的文化传统。

周作人的审美趣味打上了浓重的士大夫文人印记，很多人都注意到了周作人趣味中的贵族气息，但周作人还有为人所忽略的另一面，那就是"俗趣"。周作人说他自己是居住在"十字街头的塔"里的人："我虽不能称为地道的'街之子'，但总是与街有缘"；但又不肯"跟着街头的群众去瞎撞胡混"，就在街头建起精神之"塔"。周作人出入、徘徊于绅士贵族与平民流氓之间的两栖性，他所受的文人文化传统与民间文化传统影响的双重性，决定了周作人的趣味必然是集"雅趣"与"俗趣"于一身。

在"俗趣"中，周作人注重于"滑稽趣味"。在周作人的心目中，存在于中国民间传统中的"滑稽趣味"是"辛辣而仍有点蜜味"的，并且表现着"作者的性情与气象，海阔天空，天真烂漫"，"是近于天籁的好文章"，尽管有些人不屑一顾，

---

① 周作人编选《中国新文学大系（散文一集）导言》，上海文艺出版社，2003，第 8 页。

但在美学上自有一种特殊的效果。

综观周作人的文学创作及思想体系，可以说是一种在东西方文化的冲击与融合中完成的历史性选择的结果。从五四到1930年代中后期，周作人基本完成了选择性接受各种文化思潮并保持自身思想文化独立性的主要工作，形成了自己独特的文化品格，在文学上追求独特的散文美学风格。周作人的创作展现了时代的智慧水平和审美情趣的上乘境界，这方面，他的展现纯粹是中国的，不但未受外来感化而发生变动，还一直以此为标准，去酌量容纳异国的影响。1923年7月，周作人写过一篇《寻路的人》："我日日走着路寻路，终于还未知道这路的方向。现在才知道了：在悲哀中挣扎着正是自然之路，这是与一切生物共同的路，不过我们意识着罢了。路的终点是死，我们便挣扎着往那里去，也便是到那里以前不得不挣扎着。……我们有的以为是往天国去，正在歌笑；有的以为是下地狱去，正在悲哭；有的醉了，睡了。我们——只想缓缓的走着，看沿路景色，听人家谈论，尽量的享受这些应得的苦与乐；至于路线如何……那有什么关系？"

二　朱自清"清丽"之情的趣味

朱自清在《关于散文写作》中说，"意境似乎就是形象，用具体的暗显抽象的"①，而"意境"又是由各种"清丽"的意象构成：萌动着生命力的绿色、飞流直下的瀑布、万象更新的春天，这些意象共同的美学特征——清丽，谱成了朱自清的散文乐章，朱自清笔下的意象群感情基调明朗强健，其自信乐

① 朱自清：《关于散文写作》，《朱自清全集》（第四卷），江苏教育出版社，1996，第482页。

观的情怀、积极进取的精神折射出了一代知识分子的精神境界。

朱自清说："虽只一言一动之微，却包蕴着全个的性格，最要紧的，包蕴着与众不同的趣味。"① 应 "于人们忽略的地方，加倍的描写，使你于平常身历之境，也会有惊异之感"②。这样，表现自我人格情调就成为朱自清散文风格的焦点。这与他所倾心的 "不露咬牙切齿的样子，便更加亲切，不知不觉将人招了入内"③ 的境界一起，共同构成了他散文 "谈话风"的语体特征，这是朱自清散文亲切自然、幽默风趣、余味曲包的艺术风格的内在根源，也不失为一种来去自由的文体创新。

朱自清 "意在表现自己"的美学原则的提出使中国散文的思想文化内涵上升到一个新的美学境界，即现代散文力求表现作者的人格色彩和深层的精神境界。他强调："一篇优美的文学，必有作者底人格、底个性，深深地透映在里边，个性表现得愈鲜明、浓烈，作品便愈有力，愈能感动与他同情的人，这种作品里映出的个性，叫个人风格。"④

这否定了 "文以载道"的传统散文观念，也改变了传统的"情志合一"的思维模式，抒写自我人格的情调成为现代散文审美价值取向的重要标准。

郁达夫在《中国新文学大系·散文二集·导论》中说，文学研究会的散文作家中，除了冰心外，文章最美的要算朱自清

① 朱自清：《海阔天空与古今中外》，《朱自清散文》，人民文学出版社，2005，第 65 页。
② 朱自清：《山野掇拾》，原载《我们的六月》1925 年 6 月 9 日。
③ 孔颖达：《周易正义》卷一《乾》，阮元校刻《十三经注疏》上册，中华书局，1980，第 80 页。
④ 朱自清：《民众文学的讨论》，《朱自清全集》（第四卷），江苏教育出版社，1996，第 42 页。

了。朱自清的散文就体现着一种清水出芙蓉的清丽，天然去雕饰的审美理想，他的散文无不透露着真挚清幽的气息，他不是凭借什么宏伟的构造和富丽的辞藻来吸引读者，而是朴实地把自己的所思所想表现出来。朱自清散文无论是写景、状物、记事、抒情，都是随性所至，在文章中将自己的感情自然地表露出来，但是在这些清丽的意象之中，他又有一个结合点，就是对"文眼"的布置与看重，这点极大影响了现代散文后期的诗化倾向，可以认为，朱自清的清丽散文是现代后期诗化散文的先音。

朱自清重情的特质是重在表现自己，这也是散文的美学原则。朱自清在这方面把握得十分恰当，主要体现在：散文中的情感并不强烈、偏激，而多的是一种沉痛隐忧。即使写到喜悦，也会伴随隐隐约约的苦涩。他的散文秉承了中国温柔敦厚的视角传统，虽强调感情适中平和却不等于平淡无味，显出一种哀而不伤、伤而不怨的传统美学风格。

朱自清的情与趣具体表现如下。首先，有情重情是朱自清散文的最主要特点。他的散文抒情委婉细腻，以情致胜。情是朱自清散文的根基，是其作品内在联系的纽带。朱自清认为，散文的艺术生命在于情感，在于情感的浓厚。追求情感的真挚，就必须情从肺腑出，使散文具有浓烈的抒情性和精神主体的特征，这是朱自清散文最为鲜明的特质。在《荷塘月色》的创作中，作者以景写情，顺着一路行来、伫立凝想这条线索，描写小路、荷塘、荷叶、荷花、荷香、月、树、雾、山的不同特点，色彩是多种的，情态和角度也各有不同，紧紧扣住一个"淡"字，独具韵味；将蛙声与蝉声对比，用酣眠小睡作喻，情景也交融于"淡"字上。这种集中烘托出来的"淡"字韵味，正好跟作品内容"偷来的片刻逍遥"丝丝入扣，吻合无间，取得意想不到的艺术效果。《桨声灯影里的秦淮河》展现一幅令人缅怀的桨声灯影里的秦淮河景象，他擅长抓住一些典型场面，用朴素、自然、幽默的口语或用精练、形象的诗一般的文学语言，描绘出一幅幅充满生活情趣的画面，以抒发自肺腑的浓浓深情。其次，写景富有诗情画意。朱自清散文的美，不仅在于形象地描绘出风物人情，而且在于有诗味。朱自清长于写景，他的散文中蕴含着一种诗意。《桨声灯影里的秦淮河》《绿》都表现了他观察的细致、描写的精确，语言的诗化的特点。其中《桨声灯影里的秦淮河》则是扣住了灯影这个典型材料，从各个角度进行细针密线的描绘和渲染，逼真地表现出当时当地独具的诗画般的意境。最后，对优雅和谐、含蓄节制的美的追求。这包含两方面的情感诉求：一是对中国传统文化精神的追求，二也暗含着对当时中国现实社会景象的逃逸和否定。朱自清在描绘秦淮河的景色时，将自然景色、历史景象、真实情感融汇起来，洋溢着一股真挚深沉而又细腻的感情，给人以眷恋思慕、追怀的感受。

《背影》情感真挚的表达尤为突出，全文有四处记载了父亲的话，即："不要紧，他们去不好！""我买几个桔子去。你就在此地，不要走动。""我走了，到那边来信！""进去吧，里边没人。"并不是那天父亲只讲了这么四句，而是这四句较为典型地代表了当时父亲的心情。作者惜墨如金，只用简单的几句话，就勾勒出父亲的体贴、爱怜、依依不舍之情。读者不仅体会了其中深层次的含义，还身临其境。综上所述，朱自清的散文，以具体样式将自然生活与个人的情感结合，如早春晨曦，亦如晚秋山泉，给人以无限自然清新的感觉，总体上是真挚柔和感人的。

三　郁达夫的"伤感"

五四时期的代表作家们都曾在他们的散文中提到自己的美学思想。对于感伤，郁达夫的美学见解是"悲哀之词易工"，"悲哀之感染，比快乐当然来得速而且切"（《炉边独语》）。正是从这种美学观出发，郁达夫在散文创作，有意识地展示人的悲苦与不幸，热衷于倾诉人的哀伤情绪和悲哀感情，着意刻画人的精神灾难与心理危机。

郁达夫在谈到散文中的个性时说："我的所谓个性，原是指 Individuality（个人性）与 Personality（人格）的两者合一性而言。"这里更多的是对西方散文价值观的借鉴。由于身处动荡的社会，郁达夫常慨叹生不逢时，对自己所处的时代表示不满。在郁达夫的笔下，他所处的时代，军阀混战，是最黑暗、最糟糕、最不人道、最无趣味、最无价值的时代，也是最可憎恶的时代。

郁达夫又认为，自己生命的悲剧性体验是一种说不出所以然来的悲苦与烦恼，他说："我不晓得为什么我会这样的苦闷，这样的无聊！"（《一封信》）之所以如此，很大程度取决于对宇宙的悲哀的折射。神秘而空茫的宇宙是一种难以抵御的诱惑，这是一种悲剧性的情感体验：无可索证的悲怆苍凉、毫无缘由的痛苦浮躁和说不出的苦闷惆怅。正是透过这样的心态描摹，郁达夫笔下人物的人格和灵魂才能鲜活起来，由此表现出强烈的时代色彩。

当然，这并非郁达夫独创。正如史达尔夫人所说："和人的其他任何气质比起来，忧伤对人的性格和命运的影响要深刻得多。"波特莱尔也认为:"'欢悦'是'美'的装饰品中最庸俗的一种,而'忧郁'却似乎是'美'的灿烂出色的伴侣;我几乎不能想象……任何一种美会没有'不幸'在其中。"郁达夫对这些观点可谓心领神会,推崇至极,因此,在他的感伤散文中,我们很少能发现明快的色彩或喜剧的因子,而孤单、苦闷、悲哀、感伤比比皆是,尤其是对"死亡题材"情有独钟。精心的语言材料处理,羽化成了郁达夫笔下感伤散文的重要内容。这种特殊的审美选择与艺术情趣,与其经历过太多生死离别的痛苦有关,与接受日式文化潜移默化的影响(例如日本对待生死的"物哀"美学传统)有关,也与其多愁善感的内在气质是相通,同时与他所观察、所理解而力图真实反映"没有一点不是失望、没有一处不是忧伤"①的现实合拍。

郁达夫认为:"人之自杀,盖出于不得已也,必定要精神上的苦痛,能胜过死的时候的肉体上的苦痛的时候,才干得了的事情。"② 郁达夫感伤散文中的"零余者"多充满痛苦与无助,两者时时刻刻萦绕着他们,始终在折磨着他们。个人的不幸、社会的苦难,经过这种独辟蹊径的美学处理,构成其散文发人深省的独特景观。在散文《蔦萝行》中,作者曾写道:"我们的主人公不是堕落于游手好闲的流氓,不是自甘暴弃的无赖。是求做人而无人可做的可怜人。因为求做人太热烈了,所以发牢骚,虐待妻儿。愈发牢骚,愈虐待妻儿,便使我们愈

---

① 郁达夫:《忏余独白——〈忏余集〉代序》,《郁达夫文集》(第七卷),花城出版社、生活·读书·新知三联书店香港分店,1982,第250页。
② 郁达夫:《说死以及自杀情死之类》,吴秀明等编《郁达夫全集》(第八卷)"杂文(上)",浙江大学出版社,2007,第68页。

感到社会的冷酷"，以至他最后说："自家若想逃出这恶浊的空气，想解决这生计困难的问题，最好惟有一死。"在《还乡记》中，郁达夫明确表达死亡的强大诱惑力，认为接近死亡"就脱离了这烦恼苦闷的世界，此刻好坐在天神 Beatrice 的脚下拈花作微笑了"。这种"死比生好"，甚至视死为"何等幸福"的想法，显然是"零余者"因浸染了太多的生之苦与生之怨，以求理想的生活而不得，活得毫无生趣才造成的，虽然他们"自己觉得似是以死压人，其实我们不但没有这种感觉，反而感到一种说不出的求生不得的可怜"，这便是"零余者"的令人同情之处，也是灵魂与肉体、情感与理智的冲突，是小至家庭大到社会的深深失落感相互交织而产生的莫名的痛苦。这种悲哀、感伤的情绪，以及"面对死亡的心灵战栗，是个人的，也是民族的，乃至于是人类的"，因此这样唤起的美学感受也是极为复杂、强烈而富有冲击力的。以往论者对郁达夫其人其文"多偏于政治或社会的阐释，而很少把握郁达夫的深层心理结构对其创作的影响。通过长期研究，我们发现潜藏于心的悲剧生命意识是打开郁达夫心灵世界的钥匙"①，郁达夫散文作品的深刻，也就在于其对于死亡的感悟的文化内蕴，表现了人类共同而特殊的情感取向。

　　郁达夫感伤的审美情趣还体现在"缺陷之美"与"动态之美"两个方面。所谓"缺陷之美"，即郁达夫作品中的"零余者"都经历了社会与人生的种种缺陷，他们的悲惨经历"就是这种缺陷的'展露'：缺陷的社会，缺陷的婚恋，缺陷的性

---

① 侯运华：《论郁达夫的悲剧生命意识》，《殷都学刊》1996 年第 3 期。

爱……"① 至于所谓的"动态之美"是指郁达夫感伤散文中的"零余者"对社会、对人生的憎恨，或在遭受到性的苦闷与骚动、感情与理智的强烈碰撞、爱欲与道德的激烈冲突时，往往给人的动态美感，这种"动"发展到一定的程度，会表现出不同于常人做法的极端性。因此，在他的感伤散文中，我们不难发现，当"零余者"苦闷、愤恨到极点的时候，他们"坐也不是，立也不是"，便"想了种种奇特的方法"，"跑到房里来把我最爱的东西"故意毁坏，并由此而产生惋惜与悔恼情绪，以此来"图一时的解放"（《一封信》）；有时痛苦到甚至于"想拿一把快刀，杀死几个人"（《海上通信》），"真恨不得丢一个炸弹，与你们同归于尽……"（《还乡后记》）。

四 叶圣陶的"爱""意趣"

学者们普遍认为叶圣陶的散文"谨严朴素"，如朱文华先生就这样评价叶圣陶的散文风格："如果一言以蔽之，那就是'平实和淳朴'，即以谨严的笔触，质朴的语言，'把感情和思维最适当贴切地表现出来'，由此形成以'朴素美'为主要形态的美学风格。"② 叶圣陶生于苏州，常年定居于上海，对旧社会这个半封建半殖民地大城市的畸形都市文化有着深切的体味。他的写意散文对此有过扫描式的概括。大体上，他的写意散文包括三类：对青少年时期的旧闻趣事的怀念，追忆逝水年华；表达对身边爱人、亲人、友人的爱情、亲情、友情，抒发离愁

---

① 贾亦真：《论"五四"感伤散文》，《福建论坛》（文史哲版）1997 年第 4 期。
② 叶圣陶著，朱文华编《叶圣陶散文选集》（序言），百花文艺出版社，2004，第 1 页。

别绪；眷恋故乡的特产和独有的风情习俗、文化遗存，倾吐乡思乡情，抒发恋乡情结。早年叶圣陶就确定了"以为美（自然）和爱（心和心相印的了解）是人生最大的意义，而且是灰色的人生转为光明的必要条件。美和爱，就是他对生活的理想"。而他长期的写意散文就是作为沟通爱和美的渠道。"真的文艺品有一种特质，就是'浓厚的感情'。"

郁达夫在《中国新文学大系·散文二集·导言》中对同时代的叶圣陶散文这样评价："叶绍钧风格谨严，思想上把握得住现实，所以他所写的，不问是小说，是散文，都令人有脚踏实地，造次不苟的感触。所作的散文虽然不多，而他特有的风致，却早在短短的几篇文字里具备了。"叶圣陶的散文创作以更多的篇幅谈论人生世事一切不如意处，一切矛盾困惑，一切虚伪无聊。相对生活中常见的花拳绣腿，叶圣陶都是坦诚相告："无论如何天花乱坠的文明文化，维持生活的基本要件总是劳力的结果。"① 而现代文学研究专家也认为叶圣陶"文章内容多从现实人生出发，从不使人有无病呻吟的感觉，风格谨严朴素，笔调凝炼不苟"。学者们都不约而同地抓住了叶圣陶散文"谨严朴素"的特征，常因感而发，无须矫情造作，也无须借助语言的刻意装饰，属于写意散文，如他所写到的藕、牵牛花、莼菜、爬山虎，全取之于自然，没有丝毫人工的造作。在《文艺谈三》中，叶圣陶谈道："真的文艺品有一种特质，就是'浓厚的感情'。"也就是建立在事物的"朴素美"上求"意趣"。

在文学研究会的作家中，叶圣陶属最忠诚地体现文研会的文学宗旨：奉行写实主义，为人生而艺术。他有独特的理解和

① 叶圣陶：《假如我有一个弟弟》，开明出版社，1992，第22页。

认真的艺术实践，同时，他又反复强调"作家在创作时，应该把一切条条框框都忘掉"。他认为"记住这些理论和概念只会把作品写坏"。在一篇专门谈论散文创作的"法度"的文章里，他又提出：创作散文应在"舍弃法度"的同时，要不断"创造法度"。这样的美学观念体现在他散文里面就是不僵不硬，不板结，没有固定的程式，也没有俗套的窠臼，活跃有生气，达到无法之法的变化多姿。他认为"文学的木炭习作就是短小文字"。阿英这样称赞他的写意作品："每一篇小品，真不啻是一首非常成功的、优美的人生之诗。"此类称赞当是说其散文由写实而达到写意，从而有了更强烈的诗意。他散文的诗意仍是来源于生活，只不过加以精心提炼而已。例如他的写意散文《没有秋虫的地方》借对故乡的秋虫秋声的灵趣赞美和对没有秋虫的地方的诅咒，来描写上海简直如同"荒漠无味"。《藕与莼菜》写的似乎是故乡的特产，骨子里透出的却是对故乡强壮健美的乡男乡女和质朴纯真的乡风乡俗的赞美怀恋。《牵牛花》和《天井里的种植》写在上海牢笼似的庭院里栽种草木花卉，给燥干枯槁的生存空间增添一丝绿色春意。借树木花草浇胸中郁结的块垒不平。叶圣陶散文还借助捕捉事物特征，来揭示事物的内在联系。这些写意散文意味深远，寓意绵长；隽永清新，又柔中带刚，蕴含着哲理思辨和象征色彩。

叶圣陶所要写的"意"。其意在言志，寄的是人间"情"，表达对黑暗现实的厌弃，对社会中邪恶势力的憎恨，对理想生活之中真、善、美、爱以及光明的执着与期盼。

第四章

闲适：中国现代散文美学的理想构型

"闲适"是人的自由本真状态之一。闲适一词古已有之，在我国有深久的渊源。闲适一词由"闲"与"适"构成，"闲"据李善注引《说文解字》："闲，雅也"①，为闲雅之意，而"适"则为快乐舒畅、自得调节之乐、神情所寄。闲适作为一种生活方式，一种生存态度，一种自赏自适的精神心境，强调追求人格的独立，心灵的自由，行为的独立，历代的文风中可以看到闲适贯穿其中。小品文发展到明代，闲适成为我国小品文传统中独到的美学方式，闲适之风深深根植于传统文化之中。

明代闲适美学，深刻地影响着现代散文中的小品文，对现代小品文的美学追求提出了制约和发展方向上的总要求。现代散文发展处于一个特殊的时代，卡西尔说："艺术是一条通向

---

① 萧统选，李善注《昭明文选》（卷十八），京华出版社，2000，第375页。

自由的道路，是人类心智解放的过程。"① 现代闲适小品文作为中国文化现代性的一个必要延伸部分，随着外部环境的影响和中外文化交流的频繁，现代闲适小品文形成了自身独特的审美要求，"闲适"范畴的内涵与外延发生了一定的改变。有关小品文闲适的范畴更为宽杂而广泛，这是小品文在现代新环境下发生的具体性流变。现代性的闲适小品文应运而生，一批作家高举闲适的大旗，成为现代散文中的主流一支，虽然争论性不断，甚至有过人为的压抑，但作为现代散文不可缺少的一部分，"闲适"亦成为现代散文研究者重点关注的对象之一。

第一节　闲适理论的现代转型

明代小品文的闲适美学在我国的散文发展史里显得尤为突出，现代散文中的闲适美学较多地继承了明代小品文的传统，但因为处于新的历史时代，又有了新的美学需求，致使闲适小品文的审美方向还是发生了较大变化。但这并不能割离传统小品文对现代闲适小品文的影响，甚至可以梳理出包括明代在内的历代小品文对它的影响渊源，且能从中找到历史存在的依据，因此，对于闲适小品文的源流剖析及梳理显得尤为重要。

一　怀柔的美学传统

孔子是儒家美学的创始人，孔子美学以"仁学"作为分析和解决美和艺术的根本立场。孔子美学是"仁学"的延伸、发

---

① 〔德〕恩斯特·卡西尔：《语言与神话》，于晓等译，生活·读书·新知三联书店，1988，第197页。

展，其目的仍是"礼"。孔子美学的基本要义：一方面充分肯定满足个体心理欲求的必要性和合理性，另一方面又处处强调把这种心理欲求的满足导向伦理规范。黑格尔在《哲学史讲演录》中说过："道德在中国人看来，是一种很高的修养。在中国那里，道德义务的本身就是法律、规律、命令的规定。"① 那么，艺术的愉悦作用被认为是必要的，可以发挥的，但这种作用只有使群体和谐发展才有真正意义。美学的合理性在于能导向伦理目的，个体的心理欲求必须与社会的伦理规范达到统一，在于倡导文质统一、美善相乐。其后的孟子美学是孔子美学体系的继承者，孟子对以道德品性为特征的"仁义"、以美善统一为特征的"中和"等思想做了进一步的阐发。其后荀子提出人的自然本性与社会本性相统一，这一原则也显然是儒家追求"中和"境界的美学理想的继续。汉代董仲舒继承荀子，赋予"天"以"仁"的特性，将"天"人格化，同时又肯定人的主导作用，他正是在这一前提下论述"天人合一"的。这种美学观念，有其神秘性，在中国美学史上常常成为艺术家们所遵循的美学原则。

"天人合一"是中国哲学的核心范畴，是古代美学思想的基本命题和理论基础。儒家、道家学派从不同角度、不同方面强调了人与天内在的和谐、适应、顺从的关系。其间，儒、道两家各自从不同的角度言"道"，以道家为主，兼顾儒家的综合性美学，则产生了玄学美学。它的关键在于从对人伦关系的重视进化为极度崇尚人格之美，由对自然的关注进而走向逍遥自由，由对情感的极度推崇进而发展为一种缘情的诗学。相比

---

① 〔德〕黑格尔：《哲学史讲演录》（第一卷），贺麟、王太庆译，商务印书馆，1981，第 125 页。

于儒家美学，古典美学范畴中，我国有关"道"的阐释内涵层次则丰富得多。

"道"是道家哲学的核心概念，"道"具有"整体性、统一性、理想性、审美性、批判性"五种品格。① 道家美学在文学上的表现具体在于以下几点。一、追求阴柔美，以柔胜刚。《老子》十六章说："归根曰静。"四十二章说："弱者道之用。"道家文化中反复称引的无、虚、静、柔弱等概念，从美学角度而言就是阴柔美。需要指出的是，阴柔并非懦弱，而是阴柔其表，刚强其里，具有极强的生命意识。四十三章说："天下之至柔，驰骋于天下之至坚，无有入于无间。"二、浑沌性。"原始浑沌性，是第一阶段。否定浑沌性而有区别性，是第二阶段。否定区别性而又后得浑沌性，是第三阶段。就历史说，是三个阶段。就逻辑说，又是三个层次。就历史与逻辑的统一说，在第二阶段和层次上。有儒家、墨家，更有名家；在第三阶段和层次上则是道家。"② 三、素淡美。老子称"道朴"（三十二章），朴就是指没有人为的雕饰。庄子称"纯素"（《庄子·刻意》），纯就是不亏，素就是不杂，庄子认为要做到不亏不杂就要效仿圣人的"贵精"。老子说："道冲，而用之或不盈。"（四章）冲即虚之意。也说："道之出口，淡乎其无味。"（三十五章）庄子说："静而圣，动而王，无为也而尊，朴素而天下莫能与之争美。"（《庄子·天道》）"淡然无极而众美从之，此天地之道，圣人之德也。"（《庄子·刻意》）"若夫不刻意而高，无仁义而修，无功名而治，无江海而闲，不道引而寿，无不忘也，无不有也，淡然无极而众美从之。"

① 李生龙：《道家及其对文学的影响》，岳麓书社，1998，第211页。
② 张正明：《楚文化志》，湖北人民出版社，1988，第208页。

（《庄子·刻意》）四、自然之美。道家强烈反对任何"人为"的矫揉造作与苦心经营。"自然"美学观影响了后世的许多作家、评论家，如姜夔论诗时说："诗有四种高妙：一曰理高妙，二曰意高妙，三曰想高妙，四曰自然高妙。碍而实通，曰理高妙；出自意外，曰意高妙；写出幽微，如清潭见底，曰想高妙；非奇非怪，剥落文采，知其妙而不知其所以妙，曰自然高妙。"（《白石道人诗说》）唯一与大自然的神奇之美相匹配的是道家的"大道"，《庄子·大宗师》这样感叹："吾师乎，吾师乎！齑万物而不为义，泽及万世而不为仁，长于万古而不为老，覆载天地、刻雕众形而不为巧，此所游已！"五、美的相对性。美是相对而言的，因人因事因时因境而异。"鱼见之深入，鸟见之高飞，麋鹿见之决骤"（《齐物论》）；人以为最美的音乐《咸池》《九韶》，"人卒闻之，相与还而观之"，而鸟兽鱼却避之唯恐不及（《庄子外篇至乐》）。这就说明美是相对的存在，美的相对性还表现在美与丑之间的互相转化。《老子》说："正复为奇，善复为妖。"（五十八章）《庄子》说："是其所美者为神奇，所恶者为臭腐，臭腐复化为神奇，神奇复化为臭腐。"（《知北游》）六、注重"内美"。《老子》四十一章讲："大方无隅，大器晚成，大音希声，大象无形。"四十五章讲："大成若缺"，"大盈若冲"，"大直若屈，大巧若拙"。《庄子·德充符》讲："德有所长而形有所忘。"七、美的艺术是"心与物化"后的自由发挥。《庄子》中的寓言都包含着艺术美创造的规律。庖丁解牛、工捶"指随物化"、轮扁斫轮、匠石运斤成风等寓言，讲的都是"心与物化"后所创造的神奇。

　　玄学美学是古代美学的重大突破，禅宗美学则为魏晋美学所接引而堂皇进入中国的文化系统。禅宗是佛教的一支，严格来说，其实就是一种中国式的精神现象哲学。禅宗自然观的美学品格，首先在于自然的心相化。《坛经》中著名的"风吹幡动"的公案，本来是一个客观世界的物理问题，但慧能却把它转变为禅宗的精神现象（意识）问题。难怪陈寅恪称赞慧能六祖："特提出直指人心、见性成佛之旨，惠能一扫僧徒繁琐章句之学，摧陷廓清，发聋振聩，固中国佛教史上一大事也！"①禅宗自然观第二个美学品格，体现在将自然现象作任意的组合。自然现象被空观孤立以后，它在时空中的具体规定性已经被打破，因此主观的心可以依其需要将它们自由组合，形成境界。这种做法，其实在慧能已经打下基础。慧能临终向众弟子传授三十六对法的"秘诀"："举三科法门，动用三十六对，出没即离两边，说一切法，莫离于性相。若有人问法，出语尽双，皆取法对，来去相因，究竟二法尽除，更无去处。"（《坛经》）这基本是一个相对主义的方法。以相对的、有无穷组合的两极来破除"我执""法执"等边见，是禅宗诱人觉悟（接引）的重要方法。怀让也说"佛非定相"（《祖堂集》）。禅宗主张"本来无一物"（《慧能·偈》），不过它的"无相"并非消灭一切色相，只是说色即是空，因而无穷的色相却是自有其用的，色相或心相从美学上看就是喻象。

二　闲适的现代转型

1920—1930 年代，林语堂、周作人、梁实秋等一批现代作家高举"闲适"文学大旗，对明代小品文推崇备至，小品文再度兴盛，彰显出强大的生命力和非凡的艺术魅力。现代小品文

---

①　陈寅恪：《禅宗六祖传法偈之分析》，《清华大学学报》1932 年 02 期。

大举提倡闲适，受当时社会思潮、历史环境、知识分子价值追求与取向及对传统文学接受态度的影响，"人的文学"观是从反传统理论中衍生出的更具文学现代性价值的理论。这一美学范畴的提出，既有深刻的社会背景，也是作家们的文化策略。

周作人是与鲁迅一同走上文坛的。1920 年代初，周作人的散文创作与评判带着批判的锋芒。他说："我大约也可以算是一个爱中国者，但是因为爱他，愈期望他光明起来，对于他的黑暗便愈憎恨，愈要攻击，这也是自然的道理。"但是与其兄鲁迅相比，他的性格更为孤傲冷漠。随着五四的落潮，1920 年代中期开始，整个时代烦闷阴沉，他开始全方位的蜕变，他说"我过去的蔷薇色的梦都是虚幻"①。在现实人生和社会"两个鬼"（"绅士鬼""流氓鬼"）的政治折磨中，周作人身上的名士做派逐渐占据上风。这是观念的冲突，渗透到他的创作与批评的活动中的表现即是从《自己的园地》开始，他的观念一步步走向闲适。"闲适本身有自身极其复杂的话语运作模式及其发展脉络""它需要长期的文化浸润和训练才能达到"，周作人说道："我们于日用必需的东西以外，必须还有一点无用的游戏与享乐，生活才觉得有意思。我们看夕阳，看秋河，看花，听雨，闻香，喝不求解渴的酒，吃不求饱的点心，都是生活上必要的——虽然是无用的装点，而且是愈精炼愈好。""生活不是很容易的事。""动物那样的，自然地简易地生活，是其一法；把生活当作一种艺术，微妙地美地生活，又是一法。"②

周作人的闲适主要表现为悲情的苦涩。他的创作不断地变

---

① 周作人：《自己的园地旧序》，《周作人自编文集·谈龙集》，河北教育出版社，2002，第 33 页。
② 周作人：《周作人小品》，花城出版社，1991，第 29 页。

换生活场景，但总是在"苦雨斋""苦茶庵""药堂"里打转，听的是苦雨，品的是苦茶，喝的是药汤，吃的是苦竹和野菜，处处是凄凉悲戚的苦涩。因此，只好叹息："万一讲草木虫鱼还有不行的时候，那么这也不是没有办法，我们可以讲讲天气吧。"①

周氏作品处处都渗透出苦涩的滋味，1930 年代中期后，闲适主将渐转为林语堂。林语堂也是闲适散文的主要提倡者，正如他自己说的："近来识得袁中郎，喜从中来乱狂呼。"林语堂"闲适"话语正式亮相是在 1934 年《人间世》的发刊词中，其完整的表述是小品文创作是"以自我为中心，以闲适为格调"。这一表述去掉了 1920 年代单纯张扬"幽默"的"牛油气"和稍后单纯鼓吹"性灵"的"古纸霉味"，以明确的、通俗的语言昭示出中国化、现代化的特色。

林语堂的闲适主要表现为顽泼自然的生活态度，根本旨归是从自由主体"个人"衍发的散文主体性诉求，表明了出于内在需求的精神自由，和周作人一样，能从普通小事上体味出复杂的内涵。他的文章初读很解颐痛快，正如他说的："信手拈来，政治病亦谈，西装亦谈，再启亦谈，甚至牙刷亦谈，颇有走入牛角尖之势，真是微乎其微，去经世文章甚远矣。所自奇者，心头因此轻松许多，想至少这牛角尖是我自己的世界，未必有人要来统治，遂亦安之。"② 他的《言志篇》很能表现这种顽泼的心态，纵横捭阖，任意而谈，亦庄亦谐，意趣奋发。正像郁达夫说他："生性戆直、浑朴天真，假令生在美国，不但

① 周作人：《草木虫鱼小引》，《周作人自编文集·看云集》，河北教育出版社，2002，第 16 页。
② 林语堂：《行素集·序》，《我行我素》，群言出版社，2010，第 3 页。

在文学上可以成功，就是从事事业，出可以睥睨一世，气吞小罗斯福之流。"①

　　林语堂提倡闲适时特别强调幽默，但幽默成分又远不如梁实秋，正如鲁迅当年曾不客气地给他当面泼过的一盆冷水："每月要挤出两本幽默书，本身便是件很不幽默的事。"

　　1930 年代末，随着周作人的"下水"、林语堂的出走，闲适散文的重担，实则由梁实秋挑起，并且"闲适"风在他手里一直没有断过。三人中，要说闲适散文成就最大者，要数梁实秋。因为周作人尽管口口声声追求闲适，其实正如他自己说的："拙文貌似闲适，往往误人，唯一二旧友知其苦味，废名昔日文中曾约略说及，近见日本友人议论拙文，谓有时读之颇感苦闷，鄙人甚感其言。"② 而林语堂自 1934 年写作《吾国吾民》，就开始将主要精力放在英文写作上了，梁实秋写的闲适散文不仅比林语堂多，成就也远在他之上。

　　1938 年底，梁实秋发表了引起很大争议的《编者的话》。他说："现在抗战高于一切，所以有人一下笔就忘不了抗战。我的意见稍为不同，与抗战有关的材料，我们最为欢迎，但是与抗战无关的材料，只要真实流畅，也是好的，不必勉强把抗战截搭上去。至于空洞的'抗战八股'，那是对谁都没益处的。"③ 此说一经面世，立即遭到左翼文艺界的严厉批评。为了

　　① 郁达夫：《〈中国新文学大系·散文二集〉导言》，《郁达夫文集》，花城出版社，1983，第 275 页。
　　② 周作人：《药味集序》，《周作人自编文集·药味集》，河北教育出版社，2002，第 2 页。
　　③ 梁实秋：《编者的话》，《中央日报·副刊〈平明〉发刊词》（1938 年12 月 1 日），转引自吴立昌《重读梁实秋的"与抗战无关论"》，《上海大学学报》（社会科学版），2001 年第 5 期。

实践自己的主张，1940 年代他创作了《雅舍小品》，算是对批判的回应与抵抗。

梁实秋的闲适美学表现在对儒家礼教传统的认同和行文表现上的幽默、风趣上。梁实秋晚年说过："一个地道的中国人，大概就是儒道释三教合流的产物。"① 梁实秋出生在一个丰衣足食、宅院轩敞的书香世家，家中保持着一套完整的传统礼俗。对于这些，他一直抱着尊重和肯定的态度。《谈礼》中他说："礼不是一件可怕的东西，不会'吃人'。礼只是人们行为的规范。人人如果都自由行动，社会上的秩序必定要大乱，法律是维持秩序的一套方法，但是关于法律的力量不及的地方，为了使人能更像是一个人，使人的生活更像是人的生活，礼便应运而生。"② 所以他一生中一直非常留恋黄尘漫天、灰暗陈旧的文化古城北京，对高楼林立、纸醉金迷、车水马龙的十里洋场上海怀着格格不入的情感，他曾写道："上海受西方化的程度，在国内要首屈一指了。就我的观察所及，洋服可以说是遍处皆是，并且穿得都很修洁可观。真糟，什么阿猫阿狗都穿起洋装来了！我希望我们中国也产出几个甘地，实行提倡国粹，别令侵入的文化把我们固有的民族性打得片甲不留。"③

梁实秋受家庭环境影响，在当时文化氛围熏陶下形成独特的性格和气质，他崇尚保守、古典、传统的士大夫生活情趣，对现存制度和秩序有一种情感上的亲近。"嘉善最令我不能忘

---

① 梁实秋：《岂有文章惊海内——答丘彦明女士问》，《中国现代、当代文学研究》1997 年第 12 期。

② 梁实秋：《谈礼》，刘天华、维辛编选《梁实秋散文（一）》，中国广播电视出版社，1989，第 292 页。

③ 梁实秋：《南游杂感》，《梁实秋文集》（第六卷），鹭江出版社，2002，第 260 页。

的两件事：便桶溺缸狼藉满街，刷马桶淘米洗菜在同一条小河里举行。这倒真是丝毫未受西方化影响的特征。二条街道，虽然窄小简陋，但是我走到街上心里却泰然自若，因为我知道我身后没有汽车电车等等杀人的利器追逐我。小小的商店，疏疏的住房，虽然是很像中世纪的造型，在现代未免是太无进步，而我的确看出，住在这里的人，精神上很舒服"，"乐在其中矣。"① 后来他留学美国，白璧德的人文主义思想给了他很大影响，他曾评述白璧德对他的启悟："他谈的是文艺批评，实际上牵涉到整个人生哲学。……他强调西哲理性自制的精神，孔氏克己复礼的教训，释氏内照反省的妙谛，我受他的影响不少，他使我踏上平实稳健的道路。"白璧德"中庸""节制"的新人文主义学说与梁实秋的精神气质非常契合，这样，梁实秋便愈加沉醉在他的温文得体、儒雅翩翩的君子风度中。体现在他的散文上便也就产生了一种温文雅致的贵族风度。他的散文有幽默，但没有尖刻的讽刺；有婉丽的词句，但绝不华丽；语言明白通俗，却绝不粗俗鄙陋。他写了大量的凡人凡事，如《女人》《孩子》《狗》《猪》《乞丐》《理发》《讲价》，都是抱着旁观者的姿态，站在岸边，向你慢慢地有滋有味地道来。就是讲骂人，他也告诉你许多温文雅致的技巧，譬如骂人须知己知彼，"你骂别人荒唐，你自己想曾否吃喝嫖赌。否则别人回敬你一二句，你就受不了"。必须适可而止，否则"再骂则一般人对你必无同情，以为你是无理取闹"。骂人态度须镇静，"一语不合，面红筋跳，暴躁如雷，此灌夫骂座、泼妇骂街之术"，而且骂人之语最好"出言典雅"，"你骂他一句要使他不甚觉得

---

① 张岱年：《中国古典哲学概念范畴要论》，《张岱年全集》（第四卷），河北人民出版社，1996，第 690 页。

是骂，等到想过一遍才慢慢觉得这句话不是好话，让他笑着的面孔由白而红，由红而紫，由紫而灰，这才是骂人的上乘"①，对骂人这类极易感情冲动的事，梁实秋尚且都能如此艺术地处理，也就可推知其散文风格了。

第二节　闲适的现代美学特征

闲适美学，某种程度上说，是中国文化现代性延伸的一部分。其主要的创设者胡适、周作人、林语堂、梁实秋或追古或求外，从外到内改变了现代散文的审美。他们无不醉心于传统文化的开新，且因个人的气质、喜好、趣味而将思致导向散文。这归根于这部分人将散文理论的探索与历史上或者时下更宏大的文化相结合。所涉及之处或许存在一定的争议，如存在逃避现实和逃避崇高的审美趣味，但换成事物的另一面看，姑且不论政治与社会的方向，却是极有见地和远见的。正如鹤见佑辅所言："没有闲谈的世间，是难住的世间；不知闲谈的可贵的社会；是局促的社会。而不知尊重闲谈的妙手的国民，是不在文化发达的路上的国民。"② 通过这部分作家自我呈现的文本与散文理论，无不透露着幽微的现代性，向我们展现现代散文有关审美范畴的多样化，及纯美学上独特的艺术追求。正是这种追求以"生活的艺术"为中心的"闲适"生活方式、生活情趣、生活哲理与小品散文"个性"取得了高度和谐，也与作者

① 梁实秋：《骂人的艺术》，刘天华、维辛编选《梁实秋散文（一）》，中国广播电视出版社，1989，第 20、21 页。

② 鲁迅译：《鲁迅译文集（第三卷）》，人民文学出版社，1958，第 433~434 页。

人生态度、审美观念与表现形式达到了完美统一。

一　"以自我为中心，以闲适为格调"

"以自我为中心，以闲适为格调"[①] 在 1930 年代提出，这一文学主张与晚明的性灵说有关，又超然之。起初，也确实是以晚明为垒石，后续的发散性却不以个人意志为转移，迅速地切入所有文化领域的现代性，最终摆脱复古的桎梏。因此"以自我为中心，以闲适为格调"这一文学主张被固定下来，作为现代散文三十年里一支规模不小的散文思潮。后来虽受批判却从来没有湮灭掉，自然值得后来人重视。那么，其特殊的文体特征、审美表述方式，究竟如何呢？

（一）　亲切、漫不经心的"格调"

力主"闲适"的散文作家往往崇尚老庄式的淡泊名利、不求闻达的人文精神，主张超政治、超时代、近人生的文艺观。1930 年代的"闲适"散文正是对清闲安适公开的文学追求，是对宁静平和、超然物外的古典境界的继承。因此在文体形式上，它采取"谈话风"的小品样式。

闲适散文无论从选材的广泛、琐细还是意象的客观、含蓄；无论从语言文体的随意自由还是节制有度，都极好地体现了创作主体闲暇悠适、雍容优雅的文人名士精神。应该说，闲适主体精神与小品散文的表现形式实现了完美的统一。这种优雅闲适文体的生成具有两个层面：一是作为文学表现内容的闲适，一是作为文学表现形式的闲适。

[①]　林语堂：《发刊词》，《人间世》1934 年第 1 期。

在表现内容上，新文学的"闲适"散文大多取材于身边琐事。林语堂说过小品文是"宇宙之大，苍蝇之微，皆可取材"，内容大多趋向于谈"苍蝇之微"。郁达夫曾引用当时许多人挖苦的"只见苍蝇，不见宇宙"的话，来对林语堂作了嘲讽。作家自由选择题材的过程，其实也是作家创作心理中的"闲适"意趣寻求自由表达的一种物态化过程。正是这些衣、食、住、行的身边琐事才最能体现作家的生活情趣和"闲适"态度；同时，作家们"方寸中一种心境，一点佳意，一股牢骚，一把幽情"，也通过对身边琐事的抒写，"皆可听其由笔端流露出来"。于是，在"闲适"散文的题材选择上也相应出现了两种不同的层面：物态化层面和情态化层面。这两个层面交织一体，集中体现在"闲适"散文大致相类的意象群。

意象是主体审美情感同外在客观事物的一种互感和同化，是物我双向交流的一种审美策略。在个体文化心理结构中，作家的审美情感、审美态度同他的人生态度、价值取向如网状般联结在一起，相互影响、相互渗透。所以，意象的选取和生成，实质上也体现了作家的某种人生态度和个人理想。在意象的选择和审美生成方式上，"闲适"散文看重的是一些生活化的物象实体，强调如诗歌一般的品质。如"野菜""乌篷船""蛤蟆""衣裳""男人""女人"均是如此。这种隐去表面的主观色彩的意象选择，是闲适散文家们所追求的充满艺术情调的冲淡的美的表现方式。关于这种艺术格调化的生活情趣，周作人曾引述英国性心理学家蔼理斯的观点说，生活之艺术只在禁欲与纵欲的调和。蔼理斯对这个问题有很精到的意见，他排斥宗教的禁欲主义，但以为禁欲亦是人性的一面；欢乐与节制二者并存，且不相反而实相成。可见，调和之美、平和冲淡之美正是闲适散文家追求的一种境界。

　　研究散文的文体特征，必然涉及艺术表现手段，闲适散文也是如此。"闲适"散文的表现形式即叙述方式。周作人所推崇的"禁欲与纵欲"相"调和"的精神则有形地表现为"自由"与"节制"的统一：既舒缓雍容又纯净简洁，既自由畅达又节制有度，既是自娱自乐、自言自语，又不忘是与读者说话，这是一种随意而又有节制的"谈话风"。有人说，"生活有多么丰富，散文也应该有多么丰富"，散文应该是所有文体中最无拘束、最自由的文体，作家们可以在这里放弃任何文体学的目的和规则。散文既没有诗歌格律的束缚，也没有小说结构的框架，更没有戏剧舞台的限制，它是一种人类精神的自由表达，是对秩序的反动。而所有散文体式中，"絮语"体的"闲适"散文又是最随意、最自由的。美国一位文艺理论家在她编的一册文艺批评论里说："在各种形式的散文之中，我们简直可以说 Essay 是种类变化最多最复杂的一种。……关于这一种有趣的试作的写法及题材，并不曾有过什么特定的限制。尤其是那些不拘形式的家常闲话似的散文里，宇宙万有，无一不可以取来作题材，可以幽默，可以感伤，也可以辛辣，可以柔和，只教是亲切的家常闲话式的就对了。"① 就像周作人在《自己的园地·自序》中所表白："这只是我的写在纸上的谈话，虽然有许多地方更为生硬，但比口说或者也更为明白一点了"，"我平常喜欢寻求友人谈话，现在也就寻求想象的友人，请他们听我的无聊赖的闲谈。"林语堂也说："'闲适'散文'絮语式'风格的秘诀，就是把读者引为知己，向他说心里话，就犹如对老朋友

───────────

① Nitchie, The Criticism of Literature, p. 270; Elizabeth Nitchie, The Criticism of Literature (London: The Macmillan Company, 1928), p. 270.

畅所欲言毫不避讳什么一样。"王了一更是坦诚地说自己写小品是"想到就写，写了就算了……"①

随意又不意味着漫无边际，毫无节制。"闲适"散文在感情的处理上，往往化浓为淡，化热为冷，显示出中国传统文化"和谐""节制"的"中和美"的独特品格。闲适散文的意象是一种图式化文本，它的指向功能是双重的：一重是物理事实的指涉，另一重则是审美价值的指向。在文字的表述上，"闲适"散文既不铺张渲染，也不过分严谨；既不淡而无味，也不刻意修饰；既不过于谐趣，也不过于庄重，行文有节，褒贬适中。梁实秋在《文学的纪律》一文中，曾要求文学作品有"节制""守纪律"，即"以理性驾驭情感，以理性节制想象"。这种美学追求在理论上虽然不尽恰当，但确使他的散文独具特色：想象的节制，情感的理性驾驭。

（二）"格调"另类：鸳鸯蝴蝶派与礼拜六派

20 世纪初，有"十里洋场"之称的上海形成了一个文学流派，以徐枕亚等人《小说丛报》为代表，由于许多作品内容动辄以"一双蝴蝶，卅六鸳鸯"来比拟所涉才子佳人，被戏称为鸳鸯蝴蝶派。1914 年，王钝根等人创立的杂志《礼拜六》出版，随后也被称为"礼拜六派"。对此两派，文学史家范伯群称为"鸳鸯蝴蝶－《礼拜六》派"，即把"礼拜六派"看作独立一派。徐枕亚的《小说丛报》有其革命与复古的基因，而王钝根的《礼拜六》则倾向于改良与西化。对此，周瘦鹃在 1950 年代末的政治运动中曾有过辩解言论，说他不是

---

① 王了一：《〈生活导报〉和我（代序）》，王了一：《龙虫并雕斋琐语》，中国社会科学出版社，1993，第 1 页。

"鸳鸯蝴蝶派"，而是"十十足足、不折不扣的《礼拜六》派"。又说："《礼拜六》虽不曾高谈革命，但也并没有把诲淫诲盗的作品来毒害读者。至于鸳鸯蝴蝶派和写作四六句的骈俪文章的，那是以《玉梨魂》出名的徐枕亚一派，'礼拜六'派倒是写不来的。当然，在二百期《礼拜六》中，未始捉不出几对鸳鸯几只蝴蝶来，但还不至于满天乱飞遍地皆是吧！"要注意的是，他还说过："当年的《礼拜六》作者，包括我在内，有一个莫大的弱点，就是对于旧社会各方面的黑暗，只知暴露，而不知斗争，只有叫喊，而没有行动；譬如一个医生，只会开脉案，而不会开药方一样，所以在文艺领域，就得不到较高的评价了。"①

对鸳鸯蝴蝶派的解释应当如此：清末民初大都会兴建过程中，出现的承袭中国古代小说传统的一个通俗文学流派。1950年代以来，徐枕亚的这一派在文学史上被冠以"鸳鸯蝴蝶派"而遭到排斥，当然，这一流派得不到新文学界的认可，是有复杂的历史背景：时代潮流在激荡、文学观念在演进、读者心态在变异等诸多方面的原因，再加上这一流派先天的孤行缺陷，都决定了必然要经历一段受压抑的历程。文坛对于"文学"的观念也众说纷纭，折射出对于中国文学未来文化秩序的各种想象。而该派与"新派"文学之间的论争，说到本质上，也只是"通俗"文学与"严肃"文学、"平民"文学和"革命"文学之间的矛盾的产物。鸳鸯蝴蝶派的代表作家之一包天笑谈及他的创作宗旨是："提倡新政制，保守旧道德"。这十个字是极凝练地概括了这一流派大多数作者的思想实况。这与五四前后兴

---

① 周瘦鹃：《闲话礼拜六》，《周瘦鹃文集 2·散文卷》，文汇出版社，2011，第 74 页。

起的新文学运动中的极力提倡科学、反封建的宗旨是相违背的。在形式上，鸳鸯蝴蝶派以长篇章回体小说为其特色，而短篇最可读的只有传奇故事。新文学在初创阶段就主动摒弃章回体，而重点致力于短篇小说的创新上。这样，在新文学阵营眼里，鸳鸯蝴蝶还"拖着一条无形的旧民主主义的辫子"，他们作品中所反映的某些传统意识，必然与新文学营垒的观点形成一对矛盾。由于内容和形式上的分道扬镳，五四前后新文学界对该派的主动出击是无可避免的，既是历史的必然，也是创新的必需。五四时期，对鸳鸯蝴蝶派的另一严重批评是抨击它的游戏消遣的文学观念。这是有关文学功能方面的原则分歧。

然而即使是这些旧派文学，最初也是获得过新派文学的承认的。1917 年，周氏兄弟的《周瘦鹃译〈欧美名家短篇小说丛刻〉评语》认为，"得此一书，俾读者知所谓哀情惨情之外，尚有更纯洁之作，则固亦昏夜之微光，鸡群之鸣鹤矣。"① 这句话对"哀情小说巨子"周瘦鹃来说意义非凡——周氏兄弟的"嘉许"，恰好和周瘦鹃创作的初衷相合：纯粹的情感，一种淡定品格。他后期的花木散文可以说是闲适散文的延续，他在编选《拈花集》时所作的《前言》中就坦言："解放初期，万象更新，文艺界也换上了新的面貌。我怀着自卑感，老是不敢动笔；打算退藏于密，消磨岁月于千花百草之间，以老圃终老了。当时曾集清代诗人龚自珍句成诗以寄慨，……可见我那时的心情非常萧素，是充满黄昏思想的。"② 毋庸置疑，"身受知遇，

① 周树人、周作人：《周瘦鹃译〈欧美名家短篇小说丛刻〉评语》，严家炎编《二十世纪中国小说理论资料》（第二卷），北京大学出版社，1997，第 193~198 页。

② 周瘦鹃：《拈花集·前言》，《周瘦鹃文集 4·杂俎卷》，文汇出版社，2011，第 51 页。

报国有心"，他怀着感恩心，以小品散文再次活跃于新中国成立后十七年文坛，然而又与同期的红色散文不太相同。周瘦鹃的散文具有如下的美学特点。

一、闲适旨趣。周瘦鹃运用文学艺术和文化研究的独特手法，将其所描述的对象趣味化、雅化，写作主体的个性在小品文中尽显其闲适旨趣。他的散文不像红色散文那样力求追随政治，引经据典，在神游花草之间，显得更加自由随心。他剪裁花木、制作盆景，回到了自身，回到了江南文人一向追求的生活状态与理想境界："窗明几净，供上一个富有诗情画意的盆景，朝夕坐对，真可以悦目赏心，而在紧张劳动之后，更可以调剂精神，乐而忘倦。"动作纡徐，心思细腻，完全是一副神形俱闲的悠然姿态。这种宁静闲适的心态，我们精读静赏周瘦鹃的小品文之时，能起到平复、静心之功效。江南文人的"闲"，往往会培养他们对对象的清赏、把玩之趣，给读者带来了宁静致远的意趣。

二、婉约情致。这是融知性与理性于一体的特质，这时他早年小说中多少显得病态的"哀情"逐渐褪去，但婉约依旧。在《一生低首紫罗兰》中，作者交代了自己与紫罗兰的刻骨倾心的"情缘"：因她的西名为紫罗兰，我把紫罗兰作为她的象征，我所编的杂志定名为《紫罗兰》《紫兰花片》，我的小品文集定名为《紫兰芽》《紫兰小谱》，我的苏州园居定名为"紫兰小筑"，我的书室定名为"紫罗兰盒"，更在园子的一角叠石，定名为"紫兰台"。牢嵌在心头眼底的那个亭亭情影只为四十年前的一段往事，缠绵悱恻的情感与含蓄委婉的叙写融为一体，感人至深。

二 闲适达于本真的一个途径——幽默

我国无论是文学理论还是文学史的论述，都缺乏幽默这一艺术样式的传统。但是，幽默作为现代散文中一门崭新的新型艺术却是别具一格。在钱理群等人的《中国现代文学三十年》中有云："1930 年代前期，文坛上曾风行过幽默小品与闲适小品，活跃了散文创作，拓宽了散文文体探索的路子，是现代散文发展史上的引人注目的现象。推动这一风气的是后来被称为'幽默大师'的林语堂……"[1]，总之，在以往文学史论有关现代散文中幽默的叙述中，往往是与林语堂、小品文联系在一起的。诚如有人所说："林语堂以《论语》而传，《论语》呢，也以林语堂而传……一般人总把《论语》——幽默——林语堂看作三位一体的。"[2] 这类说法有一定的事实基础，林语堂创办的《论语》《人间世》《宇宙风》的宗旨就是"幽默为目标，而杂以于谐谑"[3]，还有就是"以自我为中心，以闲适为格调"。幽默在林语堂、梁实秋、周作人等人的小品文创作中大放光彩，继而扩大到作为一种现代文化。因林语堂等自由主义知识分子的宣扬，一系列以"幽默为目标，而杂以于谐谑"为目的的文学小品文杂志的出现且广为流传。这反映了一部分知识分子规避集体主义的时代热潮，以自我的个人的话语坚守启蒙的文化策略。

幽默是闲适的一种表现形式，讽刺则是幽默的另类美学效

---

① 钱理群、温儒敏、吴福辉：《中国现代文学三十年》，北京大学出版社，1998，第 280 页。

② 萧南：《衔着烟斗的林语堂》，四川文艺出版社，1995，转引自施萍《幽默何以成小品——以林语堂小品为例》，《文学评论》2006 年第 1 期。

③ 林语堂：《"幽默"与"语妙"之讨论》，《论语》1932 年第 1 期。

果。事实上，林语堂本人并没有将幽默、讽刺与小品文等同起来。因为只有性灵得到解脱，才能得到幽默的心境，才能通过文学将自己的人生、甘苦，自由自在、不受约束、毫无阻碍地表达出来，充分地抒写散文的闲适精神，才能成为性灵文学。林语堂将幽默、性灵、笔调以及相关的闲适、闲话、絮语结合起来，也是力求为现代散文的个人言志寻找切实可行的道路。当然，要全面认清这个问题还得从前文中林语堂对文化现代性的提倡说起。林语堂提倡幽默，也是着眼于个体心灵世界的改造，最终用幽默来达成内心的本真。

　　幽默是一种文化表现，小品文是在特定的历史时期能将它体现出来并实现林语堂改造国民性理想的文学载体，幽默的文学样式应运而生。关于这一点，林语堂是思考充分的，他不奢求幽默占据全部人类的精神领域，当人类生活被物质追求占领时，这时精神世界的领域太狭窄。他只寄托文字因为幽默而留下一片精神上的空地，让被挤压的人性得到舒缓。他喜欢用幽默的方式表达人性，他在《幽默杂话》中说，"我上回介绍幽默有点不规矩的说，'幽默是什么东西，让我在此地神秘一点别说穿了妙'"①，但他明白幽默之事是不能勉强的。

　　早在1920年代，林语堂就提出了幽默主张，但最初幽默并不是他最擅长的文风，最初，林语堂更加着意于酣畅淋漓地直抒胸臆。例如在1928年，他编定的《翦拂集》并没有收录作于1924年的《征译散文并提倡幽默》和《幽默杂话》。当时还沉静在五四运动末尾震荡中的林语堂是何等慷慨激昂："天安门前的大会五光十色旗帜的飘扬，眉宇扬扬的男女学生面目，

---

　　①　林语堂：《林语堂自传》，江苏文艺出版社，1995，第203页

西长安街揭竿抛瓦的巷战，哈达门大街赤足冒雨的游行，这是
何等的雄壮！国务院前哔剥的枪声，东四牌楼沿途的血迹，各
医院的奔走异尸，北大第三院的追悼大会，这是何等的激
昂！"① 1930 年代以后，林语堂开始大力提倡幽默，这很大程度
上源于当时的国民党政府的思想禁锢与保持高压的政策，林语
堂说"时代既无用于激烈思想，激烈思想亦将随而消灭。这也
是太平人所以感觉沉寂的原因"，幽默只不过是迫不得已的选
择，他在后来的《八十自叙》中评价自己 1930 年代的小品文
创作时说："那严格的取缔，逼令我另辟蹊径以发表思想。我
势不能不发展文笔技巧和权衡事情的轻重，此即读者们所称为
'讽刺文学'。我写此项文章的艺术乃在于发挥关于时局的理
论，刚刚足够暗示我的思想和别人的意见，但同时却饶有含蓄，
使不至于身受牢狱之灾。这样写文章无疑是马戏场中所见到在
绳子上跳舞，需眼捷手快，身心平衡合度。在这个奇妙的空气
当中，我已经成为一个所谓幽默或讽刺的写作者了。"② 他认为
幽默是一种权宜之计，对幽默的社会批判功能相当看好。认为
幽默虽然貌似一种"文笔技巧"，但是延续了语丝时期的文化
精神，幽默是一种精神自由。集中体现他幽默思想的《论幽
默》一文中，他将幽默重新进行文化定位，对幽默的阐释不仅
停留在技术层面更主要集中在内涵上，称"无论那一国的文
化，生活，文学，思想，是用得着近情的幽默的滋润的。没有
幽默滋润的国民，其文化必日趋虚伪，生活必日趋欺诈，思想
必日趋迂腐，文学必日趋枯干，而人的心灵必日趋顽固"。这
里，林语堂赋予了幽默社会功用，认为其实为改造国人精神痼

---

① 林语堂：《序》，《剪拂集》，人民文学出版社，2000，第 3 页。
② 林语堂：《林语堂自传》，江苏人民出版社，1995，第 33 页。

疾的良药。

对于林语堂而言，他的最低限度是要做"所说是自己的话，所表是自己的意"，他的最终指向是"两脚踏东西文化，一心评宇宙文章"。人生心灵上的问题始终是他的散文主题，通过对人们饮食起居的习俗和生活方式等生动浅明的描述，探及民族文化心理和国民精神。与周作人不同，他的"言志"是明确载道的，林语堂反对不着边际地空谈文化，以为"谈不到人生便也谈不到文化"，从《论躺在床上》《论避暑之益》《言志篇》等篇目可以看出，闲谈人生，探寻中西方文化才是他反复提倡的根本旨趣。他说："在反对方巾气的文中，我偏要说一句方巾气的话。倘是我能减少一点国中的方巾气，而叫国人取一种比较自然活泼的人生观，也就是在介绍西洋文化的工作中，尽一点点国民义务。"① 此处的"国民义务"，对于林语堂来说，与其是泛指国民在公共事务中的责任，不如说是知识分子所肩负的文化使命。作为知识分子的林语堂，他的目的在于关注中国新文明建设，他有关文学宏图的思索设计都是以人生为出发点，朝文化发达的终极目标去的，所以与反对空谈文化不谈人生的观点一样，林语堂也反对空谈幽默，不谈文化，只有在夯实散文为人生、为文化的精神，林语堂才方向性地提出"闲适的幽默"。

林语堂对幽默的定位始终不离"人生观"，将它的功用纯粹地牢牢定格在文化精神领域。虽然林语堂对中国知识分子在文化转型时代的职责有着高度自觉，认为知识分子在社会变革中的作用重要，"新做英国官之丁文江先生格言：'中国所以弄

---

① 林语堂：《方巾气研究》，《申报·自由谈》1934年4月28日。

到这个地步完全是知识阶级之责任。这不是胆敢取巧，实在丁先生的话也有几分是，因为'知识阶级'就有出了不少丧家之狗，以致中国之青年及下等社会失了领袖，进一步又退三步，使中国弄到这个地步……"

但他还是招来了不少的诟病，一味地追求幽默与闲适，难免落下逃避现实之嫌，因为20世纪的中国是一个动荡的中国，文化革命与政治革命之间的关系"剪不断、理还乱"。在这杂乱的层面中又隐藏着一条不易被所有人都能主动接受的思想主线——也就是李泽厚所说的"救亡压倒启蒙"。但另一个层面也可以说，这是他对新文化运动终极目标的坚强守护，代表一代知识分子对理想和实现这一目标路径的坚持。因此他才有勇气，理直气壮地替己辩护："故提倡幽默，必先提倡解脱性灵，盖欲由性灵之解脱，由道理之参透，而求得幽默也。今人言思想自由，儒道释传统皆已打倒，而思想之不自由如故也。思想真自由，则不苟同，不苟同，国中岂能无幽默家？思想真自由，文章必放异彩，又岂能无幽默乎。"① 幽默在林语堂的文学体系中是存在"合法"地位的。可以这么说，林语堂选择小品文作为幽默文学创作的主要文学样式，是基于他的文化启蒙者角色的担当：心怀改造国民性理想，是利用现代散文对公共生活的干预而采用的文化层面的策略。

梁实秋的幽默则融入在他对生活的体察和言辞表达的不露痕迹中。他非常善于抓住人们习以为常的日常琐事给予幽默的曝光和剖析，让你在感到妙趣横生的同时，领悟到颇具玩味的思索。他惯用的是一种平常的熨帖的娓娓道来的语言，不似林

---

① 林语堂：《论文》（下篇），《论语》1933 年第 28 期。

语堂抒情式的缺乏节制，因此更能让人体味出他幽默的亮点和张力。《谦让》就是一篇剖析人生世态的佳构。作者写道："一群客人挤在客厅里，谁也不肯先坐，谁也不肯坐首座，于是你推我让，人声鼎沸……不肯放过他们表现谦让的美德的机会。"作者在描绘了这些谦谦君子的姿态后，笔锋一转，写道：

> 考让座之风所以如此地盛行，其故有二。第一，让来让去，每人总有一个位置，所以一面谦让，一面稳有把握。假如主人宣布，位置只有十二个，客人却有十四位，那便没有让座之事了。第二，所让者是个虚荣，本来无关宏旨，凡是半径都是一般长，所以坐在任何位置（假如是圆桌）都可以享受同样的利益。……我从不曾看见，在长途公共汽车车站售票的地方，如果没有木制的长栅栏，而还能够保留一点谦让之风！

这就将所谓的谦谦君子的虚荣与伪善剥落下来，展示了其庸俗无聊的可笑和虚伪。还有像《洋罪》《结婚典礼》《握手》等都是描述和鞭挞人世的虚伪的佳作。

此外，像《下棋》一类的文章则是发掘人性的奥秘："观棋不语是一种痛苦。喉间硬是痒得出奇，思一吐为快。看见一个人要入陷阱而不作声是几乎不可能的事，如果说的中肯，其中一个人要厌恨你，暗暗地骂一声'多嘴驴！'另一个人也不感激你，心想'难道我还不晓得这样走！'如果说得不中肯，两个人要一齐嗤之以鼻，'无见识奴！'如果根本不说，憋在心里，受病。所以有人于挨了一个耳光之后还要抚着热辣辣的嘴巴大呼'要抽车，要抽车！'"将人性中的弱点可爱巧妙地表现出来，让人在会心一笑之余，又浮想联翩。

第三节　闲适风度与学人真知

作家的风格常常通过他所选择的语体和体裁不同来彰显自己独特的审美理想和审美趣味。闲适美学的变体，诚如文体研究家童庆炳所说，它们之间还有着"语体"也就是语言体式这样一个层面。① 这对于现代学者散文来说，必定造成其与一般现代散文审美方式和美学观上的不同差异，形成逻辑思考上独有的风采。一些学者开始自己独具特色的散文创作，表达自己学术上的见解；另有一些散文作家表面打着"乡下人"的旗号，与闲适小品唱起对台戏。究其实质，都是利用散文这个本真文体表达内心真实诉求，审视人生，审视社会，审视历史，审视文学。

一　"学者散文"的理论思索

现代散文发展伊始，一批学者在进行业余的散文创作。这并不影响他们创作美学表达效果，这类学者，笔者称其为"学者散文家"，这类散文也可以称为"学者散文"。学者散文与性别写作一样，在现代发端时期，都是一个新文化现象。那么，他们批评理论及作品中的美学表达一样也值得重视。

从庄子开始，中国知识分子内在审美开始形成独具一格的审美心理原则——忧患的闲适。闲适与忧患看似是一对悖论，实则是必经的一个复杂的心理历程。现代散文的审美也是如此：

---

① 童庆炳：《文体与文体的创造》，云南人民出版社，1995，第 10 页。

有五四文化批判精神，又可见到科学的治学态度，这两者都是
十分可贵的。因为它们既与当时专以国故为纯金的守旧观点划
清了界限，也与只视国粹为败絮的虚无观点划清了界限。总体
来说，现代学者既不是古典保守主义者，也不是完全批判国故，
是批判性地吸收并在研究过程中运用新文化视角的学者。

对闲适与忧患的思考，实际上是学者散文家以真面目示人
的尝试。这类涉入散文写作的现代学者通常把真理、闲谈、闲
适等生活准则介入散文的美学观，具有一定逻辑力量。学者独
特而丰富的知识素养见诸最能见人真性情的散文领域，其美学
观与对应的散文作品一样，出于天然本性，而绝无人为的匠气。
如苏轼所云，"如行云流水，初无定质；但常行于所当行，止
于所不可不止"。

俞平伯自 1921 年开始研究《红楼梦》，对古典文学研究的
过程及方法与他的散文创作及理论有了很好的互补。俞平伯的
散文独具特色，其古典文学的功底在他的现代散文创作中有着
明显的痕迹，尤重古典资源的吸纳。从俞平伯对古典文学研究
和散文创作理论操素为目的而落笔形成的散文中，都极好地展
现了他的这种特点。

对于散文美学，俞平伯就提倡"闲谈""闲言"散文。他
说，"千年来的文章道统，不过博得几种窠臼而已"，他批判小
品文家把小品文写作当成避祸保身的园地，他们"一面做一种
文章给自己玩，一面做这种文章去应世"。①

他的闲言还体现在三点：一是他注重暗示，讲究含蓄，好
谈玄理；二是他突如其来的离题议论，跑野马的思维方式；三

①　俞平伯：《俞平伯散文杂论编》，上海古籍出版社，1990，第 323 页。

是吸收文言的长处，有意借涩味来弥补口语的不足，丰富语言的表现力。

"闲言"的价值是受俞平伯认可的。作为深受五四新风影响的现代学者，他试图颠覆"载道"传统，将儒家经典也"小品化"，以证明"闲语"散文的合理性。"闲谈""闲言"蕴含着闲适，俞平伯重视散文的"闲适"特质。他认为闲暇之时，以闲适的心境，闲笔书写闲情逸致，不亦乐乎。俞氏散文美学由前期的"细腻绵密"转为后期的"冲淡朴拙"，都自觉地接受了晚明小品的"闲适"传统，并付诸创作实践。在一方闲适的天地里自得其乐：雪地里"诗的闲趣"（《陶然亭的雪》）；闲居时"玩"月怀友（《眠月》），山阴地五日闲游（《山阴五日记游》）。作者推崇"名士风"，自觉沉溺于"闲适"中。周作人也称其为"近来第三派新散文的代表，是最有文学意味的一种"。这种名士风有着深厚的传统根基，是一种"雅致"，周作人《燕知草·跋》说这是"自然、大方的风度，并不要禁忌什么字句，或者装出乡绅的架子"。

张中行在《复杨呈建》一文中也曾谈到自己行文的想法，说："有事实为证，是绝大多数拿笔杆的，口中，笔下（除描述对话以外），都是两套，甚至确信，既然动笔，就应该是另一套。我没有这样的本领，也用不惯这套新文言的起承转合的规程和'由于——因此'等等的腔调，所以有时率尔操觚，就只能写成不登大雅之堂的'闲话体'。"① 这种闲话风格包括行文运笔的随意性和语言的平实自然，实际上就是以真面目示人，是"怎么想就怎么说，怎么说就怎么写"。

① 张中行著，徐秀珊编《说梦楼谈屑》，北京出版社，1996。

这类学者的美学倾向通常不是给读者一种生命的昂扬和鼓舞，而是一种心灵的愉悦、净化和升华，具体表现为冲淡、平和、闲适。如张中行在《沙滩的住》（载《负暄琐话》）的结尾中说："随着时间的流逝，公寓逐渐减少以至于消亡，良禽择木而栖的自由也逐渐减少以至于消亡。但沙滩一带的格局却大部分保留着，所谓门巷依然。我有时步行经过，望望此处彼处，总是想到昔日，某屋内谁住过，曾有欢笑，某屋内谁住过，曾有泪痕。屋内是看不见了！门外的大槐树依然繁茂，不知为什么，见到它不由得暗诵《世说新语》中桓大司马（温）的话：'木犹如此，人何以堪！'"对昔日美好生活的追忆，对现实生活格局充满忧患，语气看似平和，意味却隽永深长。

二　"乡下人"和"城市人"

在沈从文的创作观中，有一组非常有意思的对立概念："乡下人"和"城市人"。沈从文的这组对立的概念是以地域空间的对立为标准来划分的，在当时可以说别具一格，同时也吸引了很多跟他有共同经历、共同艺术追求的作家，比如李广田、芦焚、萧乾、何其芳等。他们恋乡厌城，打着"乡下人"的招牌，把自己的散文创作理念不落痕迹地巧妙落实到排斥社会价值和阶级对立的中间立场上，表达了自我对人生、对社会的本真追求，确立了一套别具一格的散文创作思维方式。

沈从文自称"我实在是个乡下人"，"与城市中人截然不同"。在他看来，"乡下人""保守，固执，爱土地，也不缺少机警，却不甚懂诡诈。他对一切事照例十分认真，似乎太认真了，这认真处某一时就不免成为'傻头傻脑'"；"城市人"则是"生活太匆忙，太杂乱，耳朵眼睛接触声音光色过分疲劳，加之多睡眠不足，营养不足，虽俨然事事神经异常尖锐敏感，其实除了色欲意识和个人得失以外，别的感觉官能都有点麻木不仁"①。李广田和师陀与沈从文的经历十分相似，他们都来自乡下，来到城里却依然跟城市格格不入。李广田说："我是乡下人，我爱乡间，并爱住在乡间的人们。就是现在，虽然在这座大城市住过几年了，我几乎还是像一个乡下人一样生活着，思想着，假如我所写的东西里尚未能脱除那点乡下气，那也许就是当然的事体吧。"② 对应的，师陀也有相似的说法，他说："我是从乡下来的人，说来可怜，除却一点泥土气息，带到身边的真亦可谓空空如也。"③

他们虽已从乡下来到城市，并在城市生活了很多年，但仍然跟城市是有隔膜的，对城市的态度是冷漠的、疏远的。这些作家的共同特征，沈从文是这样概括的："……有个相似态度，争表现，从一个广泛原则下自由争表现。再承认另一件事实，即听凭比空调理论还公正些的'时间'来陶冶清算，证明什么将消灭，什么能存在。"④ 可见"自由争表现"是他们共同的散文理论观点。在这一点上，何其芳无论是在理论还是创作上都表现得最为鲜明彻底。

何其芳对古代散文在艺术形式和创作内容上最大的颠覆，就是以情感上的自我"言志"替代具有几千年历史的"载道"

---

① 沈从文：《习作选集代序》，《沈从文选集》（第五卷），四川人民出版社，1983，第 299~231 页。

② 李广田：《画廊集·题记》，《画廊集》，人民文学出版社，2001，第 168 页。

③ 师陀：《黄花苔·序》，师陀著，刘增杰编校《师陀全集》，河南大学出版社，2004，第 3 页。

④ 沈从文：《从现实学习》，《沈从文文集》（第十卷），花城出版社、生活·读书·新知三联书店香港分店，1984，第 312 页。

文统。热烈的、发自内心的本真情感是何其芳散文的生命。尹在勤指出："何其芳同志是一个热情，正直，敢于明言的人。作为一位创作家，他写诗，写散文，真真切切，痛痛快快，敢于明言自己心灵深处的隐秘，痛苦或者欢乐。他的创作，总是倾吐着他热烈的爱和憎……"① 他 "为抒情散文找出新方向"的实践，强调的是文本体制全新艺术的打造。他至少在以下两方面做出了自己的贡献。第一，何其芳的散文创造了 "独语体"的体制，以最大抒情值进行自我情愫的释放。在执拗的何其芳看来，抒情性的散文不应该完全是 "闲话"，不一定要用林语堂那样的 "闲谈体"，可以改变现代散文接受英式随笔（essay）那种围炉夜话般 "对话"的书写方式，而变为自说自话的 "独语"，也就是把叙述的口吻、叙述的方法与自说自话，由 "对话"改为浑然归一的 "独语"。他在这里所强调的，是散文与作者表现自我的哲学，是自我表现的绝对真谛。在他看来，作者只有达到 "独语"状态，才是绝对表现自我，才是最大值 "抒情"的散文，也才是 "独立"的创作。而这个理念，无论既往与现在，都是散文哲学的第一条根本。这是他领悟与发现的 "独语体"之于文学史和散文美学的价值。第二，何其芳的散文，把1930年代散文艺术推到美的极致。"我的工作是在为抒情散文找出一个新的方向。我企图以很少的文字制造出一种情调：有时叙述着一个可以引起许多想象的小故事，有时是一阵伴着深思的情感的波动。"② 何其芳特别注重艺术美的营造，具体到艺术形式与技巧方面，比同时代的任何作家还要潜

---

① 尹在勤：《何其芳评传》，四川人民出版社，1980，第170页。
② 何其芳：《我和散文》，柯灵主编《中国现代文学序跋丛书（1919—1949）·散文卷》，海南人民出版社，1988，第1171页。

心、还要注重讲究。

从对何其芳的分析，我们可以看出，这些作家表面上不愿意与城市人为伍，希望"走到任何一处照例都带了一把尺，一把秤……我有我自己的尺寸和分量，来证实生命的意义和价值。我用不着你们名叫'社会'而制定的那个东西，我讨厌一般标准，……"① 但不难看出，他们也有自己的一套标准，这个标准就是"我"。他们的散文理论希望通过"我"来掌控一切。这一点正好与周作人、林语堂的"以自我为中心"契合，只不过这个"自我"一个是"乡下人"，一个是"城里人"而已。此外，虽然这些作家的自我表现没有强调"以闲适为笔调"，但他们都力求在"自我表现"上争"自由"，何其芳用自己的"记忆"造就了一个"梦"，沈从文、李广田等则将自己的"梦"寄托于遥远的乡村，他们逃避现实，为自己的孤独寻求解脱，寻找自己的精神家园，其实质与周作人、林语堂的"闲适"在某种程度上也是一致的。

综上，我们可以得出这样的结论，自由表达正是五四新文学的追索，这仍是属于文艺美层面上的本真，属于现代随笔散文萌生时期偏纯艺术追求的本真，这种本真在后来的散文理论研究中虽不太被重视，但它确实为现代散文的文体突破打开了窗口。

---

① 沈从文：《水云》，《沈从文文集》（第十卷），花城出版社、生活·读书·新知三联书店香港分店，1984，第266页。

第五章

诗性：中国现代散文美学的
核心特征

　　现代文体边界常常被作家创造性地融合，诗歌、小说、戏剧、散文之间常常相互融通，这是文体现代化的特征之一。就文体而论，诗歌与散文之间常常有跨文体的表现，其核心就是"诗性"范畴。散文的诗性主要分为三个层面：主体诗性、文化诗性、形式诗性。散文的诗性是一种美学度量衡，以"诗性"来度量散文的文学品质，特别是这种内在的质量达到的高度，已成文学批评的既有惯例。

　　吴周文在研究现代散文名家朱自清的散文艺术时，认为散文应"具有诗的素质、诗的构思、诗的意境、诗的抒情、诗的语言，此外还有诗的结构，结构艺术是构成散文美感的因素之一"①。"诗的散文"这一美学观念连同具体实践一起诞生于五四新文化运动时期，特指那些具有诗的内核（"情绪"与"想

---

① 　吴周文：《论朱自清的散文艺术》，《文学评论》1980 年第 1 期，第 107 页。

象"）且篇幅较长、不分行的无韵律的文章，与"散文诗"具有本质的不同，现代"诗的散文"具有特殊的美学地位，它属于一个交叉解构文本，有着巨大的理论阐释空间，其发生、发展及其内在的美学特征，及其在现代文学后期嬗变的规律（政治介入）都应该引起研究者的注意。

第一节 散文诗性的历时性建构

我国诗性散文有着悠久的历史，现代散文美学里，分出"诗的散文"和"散文诗"两种不同文体概念。现代"诗的散文"主基调是在西方理论和我国传统散文的传统共同影响下的产物，是我国散文诗性表达的延续。

一 古代散文的诗性表达

诗歌是一门高度凝练的语言艺术，它对其他各门类文学艺术的影响深远而且巨大。黑格尔说："诗适合美的一切类型，贯串到一切类型里去。"[1] 无论是古代还是现代，在我国文学艺术里常表现出一种强烈的以诗歌为主要参照物去衡量、评价一切文学作品质量的倾向，散文、骈文、文章都常含有诗歌的因子，诗性构成了我国文学艺术门类的共同美学追求。

在我国古代，诗歌与散文两种文体作为正统文学贯穿始终。无论是古代散文还是现代散文，散文中的诗性，可以认为是诗歌艺术特质在散文文体中的渗透，视为文体的交叉。古代散文诗性表现在三个方面。

---

[1] 黑格尔：《美学》（第一卷），朱光潜译，商务印书馆，2011，第114页。

内容抑扬涵泳，富有抒情。抒情言志是我国古典诗歌的本质特征，"诗者，根也"。古代散文的诗化倾向首先表现在内容具有抒情性。清代章学诚说："学者惟拘声韵为之诗，而不知言情达志，敷陈讽谕，抑扬涵泳之文，皆本于诗教。"章氏明确指出"文指（旨）存乎咏叹，取义近于比兴"的文字"雅赏其为风骚遗范也"①，章氏反对从声韵形式来区分诗文，强调"文指（旨）存乎咏叹"，也就是指文章的抒情性，肯定了散文内容上具有诗的成分。古代作家在创作中注意情感的宣泄，除了抒情性散文外，许多记传散文也往往包含浓烈的抒情意味，如司马迁的《史记》，刘熙载评太史公文曰："第论其恻怛之情，抑扬之致，则得于《诗三百篇》及《离骚》具多。"鲁迅因此称誉之为"无韵之离骚"。而对描写性散文，如柳宗元的山水记，他曾在《游南亭夜还叙志七十韵》称："投迹山水地，放情咏《离骚》"，所谓"长吟哀歌，舒泄幽郁"②；例如诸葛亮的《出师表》，议论虽占文章大部分，同样也以情见长，清代丘维屏说此文百转千回，尽去《离骚》幽隐诡幻之迹而得其情；唐德宗拟的《罪己大赦诏》，情辞恳切，感人至深；宋人欧阳修的散文，也以情韵见长，被人誉为"幽情雅韵，得骚人之指趣为多"。

语言上讲究律化，和谐整齐。所谓律化，按启功的观点，是指字句形式排偶和声调的搭配和谐，追求整齐化和音乐化。由于汉字具有单音独体的特点，便于修辞上形成对偶，且每个音节都有声调、平仄的合理搭配，押韵手法的得体安排，能产

---

① 章学诚：《文史通义·诗教（下）》，上海书店，1988，第22页。
② 柳宗元：《上李中丞献所著文启》，《柳宗元集》，中华书局，1979，第926页。

生抑扬顿挫的节奏感，此为音乐化。以上特点几乎是我国古典诗歌的定律，正所谓曹丕所说的"诗赋欲丽"。古代散文诗化倾向在语言上的表现也有对整齐化和音乐化的追求，古代盛行的赋体、骈体即是最典型的例子，而一般散文语言上的律化也有所体现。散体文对律化的追求由来已久，远在殷商时期就有端倪，例如《尚书·皋陶谟》："宽而栗，柔而立，愿而恭，乱而敬，扰而毅，直而温，简而廉，刚而塞，强而义。"① 句式整齐排比，且"栗""立""毅""义"押韵。以后的诸子散文往往也是骈散兼用，韵散并存。如《老子》的语言风格虽简约深刻，质朴严谨，从没有放弃对语言的追求，骈句韵语尤其多，如"有无相生，难易相成，长短相形，高下相倾"。② 又如《庄子》："为善无近名，为恶无近刑，缘督以为经。可以保身，可以全生，可以养亲，可以尽年。"③（《养生主》），还有如《韩非子》："事在四方，要在中央。圣人执要，四方来效。虚而德之，彼自以之。四海既藏，道阴见阳。"（《杨权》）。④

　　直至清代桐城派散文大家刘大櫆揭示得最为透彻，他在《论文偶记》中说："文章最要节奏。譬之管弦繁奏中，必有希声窈渺处。"⑤ 认为构成文章节奏的主要因素是声调平仄交替。古人说："平仄乃天然之音节，苟一违之，虽至美之词，亦不佳矣。"所以刘大櫆才提出"字句为音节之炬"一说。唐宋八大家也并不排斥近体文，仅用单纯散句来写作，以韩愈为例，他标榜作文应该讲究"言之短长"与"声之高下"，所谓"宫

---

① （明）张居正：《尚书直解》，九州出版社，2010，第33页。
② （东周）老子：《道德经》，华夏出版社，2009，第4页。
③ （东周）庄子：《庄子》，中华书局，2016，第55页。
④ （东周）韩非：《韩非子》，中华书局，2010，第59页。
⑤ （清）刘大櫆：《论文偶记》，人民文学出版社，1959，第5页。

商相宣，金石谐和"，实际创作中，韩愈擅长在散体中巧用排偶，巧于安排字句的音节，例如，他的《进学解》《答李翊书》《原毁》等文利用了大量的排偶句式，因此清代袁枚说："然韩、柳琢句，时有六朝余习。"① 秦汉以后，散体文对律化语言的追求不曾中断，唐宋古文大家也往往如此。

表达手法上，诗歌的常用手法亦为散文所常用。以《春秋》的曲笔为开端，古人主张"文贵远，远必含蓄"，散文言近而旨远的理论主张与诗歌所追求的美学境界是一以贯之的，故在表现手法上亦有相通的地方。其中赋比兴手法是古典诗歌最重要的、最基本的艺术手法。明末归有光在谈到诗歌的比兴手法对散文的影响时，就说"体虽有二，而取喻之意则同。孟子文法，多本于此，故后世文章例皆用之"②。刘大櫆在谈及散文的表现手法时也曾说过："理不可以直指也，故即物以明理；情不可以显出也，故即事以寓情。"③ 当代学者叶嘉莹结合东西方的文论的研究成果，认为"赋、比、兴"都是抒情方法。她认为，"直接抒写（即物在心）"，即"赋"；"借物为喻（心在物先）"，即"比"；"因物起兴（物在心先）"，即"兴"。④

这样的手法在古代散文中都有使用，如《搜神记·崔少府墓》中"煌煌灵芝质，光丽何猗猗！华艳当时显，嘉异表神奇。含英未及秀，中夏罹霜萎"写鬼女的早逝，就是用的比兴

① 袁枚：《答友人论文第二书》，王运熙、顾易生主编《清代文论选》，人民文学出版社，1999，第 520~521 页。
② 归有光：《文章指南》，朱任生编述《古文法纂要》，台湾商务印书馆，1984，第 196 页。
③ 刘大櫆：《论文偶记》，郭绍虞，罗根泽主编《中国古典文学理论批评专著选辑》之《论文偶记、初月楼古文绪论、春觉斋论文》，人民文学出版社，1959，第 12 页。
④ 叶嘉莹：《迦陵论诗丛稿》，中华书局，2007，第 341~342 页。

手法。这是对含蓄美的一种言语技巧上的追求，古体诗歌如此，散文也概莫能外，因此才有"文似看山不喜平"的说法。如韩愈的《杂说》《讼风伯》等都为托物为喻，因此现代文学评论家钱基博评价说："诗教比兴之遗。"此外，象征手法在古代散文中也被大量使用，形成了古代散文诗化的主因和审美特质之一。古代散文诗性的存在对现代散文的影响是不言而喻的。

二 现代"诗的散文"

诗歌与散文之间常常有跨文体的表现，其核心就是"诗性"范畴。现代散文"诗性"的形成原因除了有文体的相互渗透、作家诗人和散文家的身份的重叠之外，还有其特有的美学根源。现代"诗的散文"具有特殊的美学地位，它属于一个交叉解构文本，其发生、发展及其内在的美学特征有着巨大的理论阐释空间。"诗的散文"最早的译介人和开拓者是刘半农。1919 年 2 月，周作人在《新青年》6 卷 2 号上发表《小河》，在"题记"中说："有人问，我这诗是什么体，连自己也回答不出。法国波特莱尔（Baudelaire）提倡起来的散文诗，略略相像。不过，他是用散文格式，现在却一行一行的分写了。内容大致仿欧洲的俗歌；俗歌本来最要押韵，现在却无韵。或者算不得诗，也未可知；但这是没有什么关系。"

《新青年》从 1918 年 1 月到 1920 年 1 月，据不精确的统计，在两年时间里的 20 期刊物上共发表"诗的散文"51 篇。其中，沈尹默 15 篇，刘半农 8 篇，周作人 6 篇，沈兼士 5 篇，唐俟（鲁迅）4 篇，胡适 4 篇，俞平伯 2 篇，央庵 2 篇，常惠 1 篇，陈衡哲 1 篇，李剑农 1 篇，陈子诚 1 篇，陈独秀 1 篇。同一时期，鲁迅在 1919 年 8 月 19 日—9 月 9 日的《国民公报·

新文艺》栏发表了一组"诗散文"，总题为《自言自语》，共七篇：《序》《火的冰》《古城》《螃蟹》《波儿》《我的父亲》《我的兄弟》，将"诗散文"的创作推向一个新阶段。

1922年，郑振铎终于提出了"诗的散文"的文体概念，"有一种论文或叙述文，偶然带了些诗意，我们就称它做'诗的散文'"[①]，现代"诗化散文"吸取了古代散文大量创作经验，同时吸收外来散文的营养要素，形成了具有新审美品格的散文，现代散文史称得上是散文家心灵独特的诗性发展史。我们可以看到一大批作家在散文诗化方面所做出的努力。苏联作家巴乌斯托夫斯基这样说："真正的散文是充满着诗意的，就像苹果包含着果汁一样。"[②]

"诗的散文"和"散文诗"有明显区别：前者中心词是"散文"，后者中心词是"诗"。显然，一者是"散文"，一者是"诗"，它们属于不同的文学体式。1932年，冰心对"散文诗"和"诗的散文"进行简单区分："无韵而冗长的诗，若不分行来写又容易与'诗的散文'相混。"冰心认为："谈到零碎的思想，要连带着说一说《繁星》、《春水》……《繁星》、《春水》不是诗。至少那时的我，不在立意做诗。我对于新诗，还不了解，很怀疑，也不敢尝试。我以为诗的重心，在内容而不在形式。同时无韵而冗长的诗，若是不分行来写又容易与'诗的散文'相混。"[③] 后来，她在《我是怎样写〈繁星〉和〈春水〉的》一文里，谈到印度诗人泰戈尔将他的孟加拉文的诗歌译成英文

---

① 郑振铎：《论或文诗》，《文学旬刊》1922年1月第24期。
② 李光连：《散文技巧》，中国青年出版社，1992，第116页。
③ 冰心：《我的文学生活》，《冰心全集（三）》，海峡文艺出版社，1994，第9页。

的时候，"如要保存诗的内容就不采取诗的分行的有韵律的形式，而译成'诗的散文'"①。

李广田在 20 世纪 40 年代也指出："好的散文，它的本质是散的，但也必须具有诗的圆满，完整如珍珠，也具有小说的严密、紧凑如建筑。"② 这里所提倡的"诗的散文"，是出于满足一种"审美人生的守望"和"寻求古典的现代心灵"的需要而适时出现的美学文本样式。在他看来，散文的诗性，是提升和间离日常生活的审美手段，散文的诗性可以将我们习以为常的生活陌生化、文学化。在一个富于古典气质、具有浪漫情调的作家笔下，诗永远充盈于他的心中并永远成为他的梦想，甚至日常生活也可以被诗意化。他坚守文学本位的同时，善于化腐朽为神奇。将平庸的生活诗化，用超越日常生活的诗性精神来拒绝生活的平庸和任何功利目的。他用诗性间离了日常生活，又美化了现实生活。具体落实到散文创作方面就要求散文作家一方面更加贴近现实生活；另一方面又要有对抗流俗的精神形式。可见，诗性不仅是一种文体的交叉，更是一种文化意义上的渗透。

因此试着从文化层面来剖析"诗的散文"变得尤为重要，这正是对"诗的散文"的文学特质性的规定，也是对其文学规律性的探究。在"诗的散文"方面作出贡献的首推女作家冰心。冰心以灵明、博大和神圣为写作追求，深得印度作家泰戈尔的真传。她早在 1920 年就开始发表"诗的散文"，并在当时

---

① 冰心：《我是怎样写〈繁星〉和〈春水〉的》，《冰心全集（三）》，海峡文艺出版社，1994，第 126~127 页。
② 李广田：《谈散文》，转引自江飞《重塑散文的诗性》，《散文世界》2010 年第 2 期。

形成了广泛的影响。冰心的作品"满蕴着温柔，微带着忧愁"，她的"诗的散文"理论主要体现在创作感想里，她在《〈以往事集〉自序》中如此叙述诗化的用意："失望里猛一声的弦音低降，弦梢上漏出了人生的虚无。"在简洁、明晰的叙述和修辞这一点上，很有陶渊明和李清照的流风遗韵；她还善于将描写对象与自己所要传达的理想的生命形式联系起来，发现身边的自然之美、母爱和童心，进而表现出一颗透明的诗心。郁达夫曾经说她："散文的清丽，文字的典雅，思想的纯洁，在中国好算是独一无二的作家了"①。"诗的散文"正是对冰心散文风格的最好注解。

与冰心相似的作家还有徐志摩。胡适在《追忆徐志摩》中这样评价徐志摩："他的人生观是一种'单纯的信仰'，这里面只有三个大字，一个是爱，一个是自由，一个是美。他梦想这三个理想的条件能够会合在一个人生里，这是他的'单纯信仰'"。徐志摩一生的历史，正是他追求这个单纯信仰的实现的历史。他的"爱""自由""美"与冰心的"自然""母爱""童心"如出一辙，都是支撑他们散文的支柱。他自己多次宣称，"人生是艺术"，追求一种"诗化的生活"，阿英如此评价："诗化构成是徐志摩散文的重要特征"②。他的散文主张用一个词概括就是"诗化"，作为诗人的徐志摩把对诗歌注重韵律和节奏的要求移植到散文创作中，他认为，散文可以没有音律，但必须有诗意的流转和诗情的律动。对人生艺术的向往和对散

---

① 郁达夫：《〈中国新文学大系·散文二集·导言〉》，上海良友图书印刷公司，1935，第 16 页。

② 徐志摩：《诗刊·放假》，邵华强编《徐志摩研究资料》，陕西人民出版社，1988，第 172 页。

文诗化的努力，构成他散文创作的诗意追求。

许地山的"诗的散文"则与冰心同中有异。许地山最具艺术魅力的作品是他的小品散文集《空山灵雨》，沈从文评价为"以佛经中邃智明辨笔墨，显示了散文的美和光，色香中不缺少诗，落花生为最本质的使散文发展到一个和谐的境界的作者之一"[①]。许地山的创作与冰心诗的散文无形中存在契合，即用独到的诗意的眼光来看世界、看社会、看生活，大概这也是现代诗化散文乃至后来的诗化散文都力求追索的主体意境。所不同的是许地山善于利用宗教的眼光来看待周遭的一切，这也使他的作品一度饱受争议。郑炜明在《许地山的佛教文学》一文中说："过去有些评论每每以许地山先生作品里的佛教元素为据；批评说他的作品宣扬了消极的、悲观的人生哲学，从而降低了他在文学贡献上理应享有的评价，我们认为这是不恰当的。……而事实上，许地山先生的散文和小说，都在风格和技巧上有独特的一套。"[②] 许地山正是以独特的眼光和极具个性的表述方式来表达自己对人生的态度和散文创作的独到见解的。

自 1920 年代末进入 1930 年代，社会的动荡与苦难日益加剧，由此产生的悲戚感就必然在文学领域有所投射。"诗的散文"作为心灵感应性极强的一种文体，非常强烈地反映社会时局变化，一大批作者以诗歌的表达方式表达各式诉求，此时期较有代表性的"诗的散文"集是何其芳的《画梦录》和李广田的《画廊集》《雀蓑记》等。似乎为印证中华大地的文化因为

---

① 沈从文：《论落花生》，《心与物游》，北京联合出版公司，陕西师范大学出版社，2012，第 201 页。

② 郑炜明：《许地山的佛教文学》，《北京大学学报》（哲学社会科学版）1993 年第 6 期。

战争正在经受一场生死考验，此时的诗化散文作品有着一份格外的沉重。

何其芳"诗的散文"的典型——《画梦录》，有机地编织梦幻意象，来营造朦胧诗一般的梦境，形成何其芳散文创作诗性的特殊途径。《画梦录》中的每篇散文都是"梦"，如果说这部集子只有一个意象，那就是"梦"。作者在《扇上的烟云·代序》中说："我倒是喜欢想象着一些辽远的东西，一些不存在的人物，和许多在人类地图上找不出名字的国土。我说不清有多少日夜，像故事里所说的一样，对着壁上的画出神遂走入画里去了。"此集里的散文实质上是作者梦的臆造，每篇作品都是"梦录"，自说自话的"梦"。和何其芳一样善于造"梦"画"梦"的还有李广田和冰心，他们的写作可以归纳为以梦幻为主题的散文诗化创作模式。与何其芳不同，李广田诗的散文虽说充盈着忧愁和孤独，但他的散文朴实而充满坚定与希望。

1936 年冰心发表了诗的散文《胰皂泡》，以女性的笔调说："自然的，也像画梦，一个个的吹起，飞高，又一个个的破裂，廊子是我们现实的世界，这些要她上天过海的光球，永远没有出过我们仄长的廊子！"① 冰心与何其芳一样在"画梦"，相比于何其芳，冰心的"诗的散文"风格更显透彻些，但不无例外的是，他们都以自己的创作实践和理论支持推动了"诗的散文"的发展。

三　现代散文诗性的美学根源

现代散文"诗性"的形成原因除了有文体的相互渗透、作

———————

① 冰心：《胰皂泡》，《冰心全集（三）》，海峡文艺出版社，1994，第133 页。

家诗人和散文家的身份的重叠之外，还有其特有的美学根源。在我国历代文论中，"诗学"指的是以具有诗歌品质的文本为研究对象的诗评、诗论和诗话等特殊的理论形态以及诸如"比兴""意境""养气""神韵""妙趣""尚意"等文论范畴。散文诗性的产生兴起发展顺应着理论家的思潮与创作家的创作习惯而发生变化。一些诗歌因子就不时地被借用到散文领域，形成不同诉求。诗的散文比小说的散文和散文诗的情况复杂得多。那么，追究散文诗化的美学根源就变得再重要不过。

五四时期，散文在西方文学与理论的影响下，经历了内容与形式的深刻变革，鲁迅有言："散文小品的成功，几乎在小说、戏剧和诗歌之上。"他在谈及 1930 年代的散文创作时又说："现在的趋势，却在特别提倡那和旧文章相合之点，雍容、漂亮、缜密。"① 此处所说的"旧文章"指的就是传统的古典散文，《桃花源记》《小石潭记》《秋声赋》《赤壁赋》等一系列诗化明显的散文。创作家李广田在《谈散文》中，对以《背影》为代表的散文做出肯定后，也并不曾忘记另一类散文，他说："其次是诗人的散文，如何其芳等人的作品，有一个时期，这一类散文产量甚丰，简直是造成了一时的风气。"对此，李广田的散文观是："好的散文，它的本质是散的，但也必须具备诗的圆满，完整如珍珠……"②，李广田更为明确地揭示了"诗的散文"这一类，他提出："第一类就是所谓的散文，也可以说是本位的散文；第二类就是非本类的散文，其中有近于小

---

① 鲁迅：《小品文的危机》，《鲁迅全集》（第四卷），人民文学出版社，2005，第 594 页。
② 李广田：《谈散文》，转引自江飞《重塑散文的诗性》，《散文世界》2010 年第 2 期。

说的，有近于诗的，也有近于说理的。"① 随后在谈及新文学的各部门中的散文成绩时，李广田对"诗的散文"和"小说的散文"这些散文非本位的文体给予了特别的关注。因此，完全可以这样认为，散文是在诗歌与小说中间的文体，以平话和诗化的含量多少来区分"诗的散文"和"小说的散文"再恰当不过。在这一文体理论基础上，李广田提出了"本位的散文"和"非本位的散文"概念。李广田的散文文体理论的提出显示当时有一批文体实践家们不仅在思考散文与诗歌、小说的区别点，同时也在寻求诗歌、小说对散文的渗透与结合，尤其是诗歌对散文的渗透。

　　诗化散文主要是由诗人完成的。李广田就曾说："有些人不想作诗人，到底也还是诗人。"从个人思维、情感习惯方式来说，"诗人"一旦作起散文来，诗人的思维和情感方式往往成为一种习惯性力量，左右其散文创作。心灵的本真及其默默发泄的抒写，是何其芳散文诗性的基石。之所以产生《画梦录》，是缘于作家个人特殊的情感体验。对此，何其芳的学生周忠厚在《啼血画梦傲骨诗魂——何其芳创作研究》（文化艺术出版社，1992）一书中有着这方面的叙述：专横粗暴的父亲生生阻挠诗人与表妹（二外公的孙女）杨应瑞的自由恋爱，而造成了少年的情殇，因此何其芳愤然离家出走。而这种挥之不去的感伤、疼痛，进而生成了创作《画梦录》的灵感。正如艾青对他的这些作品所评论的，有着他"太深又太多的爱"，而且指称作者是属于"传说里的所谓情种一样的人物"，这些话

---

① 李广田：《鲁迅的杂文》，转引自丁文《本位的散文与"非本位的散文"——析李广田散文中的寂寞感及其表现形式》，《太原教育学院学报》2002 年第 4 期。

切中肯綮地道破了玄机。艾青在 1939 年 6 月出版的《文艺阵地》上，发表了一篇题为《梦·幻想与现实——读"画梦录"》的文章，对何其芳提出了直截了当地批评。他认为何其芳的《画梦录》，虽然给人"美丽而又忧郁"的印象，可是它却是作者"倔强的灵魂，温柔的、悲哀的，或是狂暴的独语的记录，梦的记录，幻想的记录"。

对此，自傲气盛的何其芳为自己辩白，在次年的《文艺阵地》上发表反批评文章，指出艾青的批评"太刻薄，太武断，太过火"："你却判断我不过是一个贾宝玉。你说了一些刻薄的话。你说了一些武断的话。你说了一些过火的话"。① 这是现代文学史上的一段逸事。不管何其芳承认与否，不管他的辩白出于何种目的，我们必须承认作者在描写灵魂中另一种疼痛——情殇，而情殇生成的潜意识或称无意识，构成了《画梦录》审美创造的深层心理机制。潜意识是先天的生物学本能，如弗洛伊德所主张的，包括后天获得的各种印象和影响，即包括后天形成的而且凝固了的无意识的东西，而这正是作家、艺术家审美创造的本质与灵感。正如叔本华所说，"每一个想要……在文学、艺术上有所成就的人都必须遵从无意识法则"；尼采也说，"我的思想应该指示我站在那里，但不应该向我泄露我将往何处，我爱对于将来的无知"。② 唯其如此，何其芳的情殇所产生的正能量——感悟真，表现美，无疑是《画梦录》取得成功的根本原因。这种情形，犹如鲁迅因兄弟失和创作了《伤逝》、沈从文因失去翠翠而创作了《边城》、柴可夫斯基因对未谋面的梅克夫人柏拉图式的爱而产生了其不朽的《第四交响

① 何其芳：《何其芳散文选集》，百花文艺出版社，1986，第 211 页。
② 尼采：《快乐的知识》，孙国兴译，商务印书馆，1940，第 204 页。

曲》《悲怆交响曲》等，故此在现代文学史上，《画梦录》因疼痛与悒郁而生成永恒的美丽，才可永远与何其芳的名字书写在一起。

此外诗性是依赖语言这一文学形式存在的。散文的诗性需要借助超乎寻常的想象力，需要融进诗歌的艺术表现方式，比如意象的营造，意识的流动，时空的跳跃，音乐的旋律、节奏，乃至通感、隐喻等修辞手法的运用，等等。由于诗歌抒情性的特点对散文写作的影响，散文作家凭着诗人的敏感，去捕捉生活中的各种感受，这时散文的诗性就成为人类最深层的生存智慧的最丰富和最生动的语言形态；是整个作品所蕴含的精神内蕴和精神气质，是流趋于万事万物和人的心灵里的一种纯美的本质。除以飘忽意象为诗化散文常用模式之外，现代诗化散文也有对现实的功用目的，因为毕竟是散文而不是诗歌，这里散文的诗化，主要体现的是散文对诗化的借用，以求达到自己内心"最高的诗"，寻求找到"最高尚的形式"而已。卞之琳就曾说过："从青少年时代以写诗起家的文人，到了一定的成熟年龄（一般说是中年以后），见识了一些世面，经历了一些风雨，有的转而向往写小说（因为小说体可以容纳多样诗意，诗体难于包含小说体可能承载的繁夥）"[①]。

诗化散文的坦诚比起散文来说更为直白，甚至可以说是真情表白。以李广田为例，他在《〈画廊集〉题记》《自己的事情》等文中，坦然地宣称"我是一个乡下人""我出生于北方乡村农家"。这代表了文体家们利用新型文体在寻找一种自我尊严的人性地位。在形形色色的"文化"京城里，他一定体验

---

① 卞之琳：《人与诗：忆旧说新》，生活·读书·新知三联书店，1984，第80、81页。

过眼花缭乱后的默默无闻与失落。这时，作为一种文体家，他在文学领域必须寻找一种具有自我特色同时也是自己擅长的，哪怕是跨文体形式的文体来确定自己在文坛上的地位，散文诗歌化就可能是最佳文体选择之一。通过一种思绪的波动，诗化介入散文中，他的《画廊集》就是以"寂寞"为主旨的"近于诗的"散文。《雀蓑记》中也集中了一组诗化散文，使"寂寞"心境得以奇幻而真实的再现。当然，寂寞感并不是一种无意的植入，而是一种诗歌化的安排，李广田将早期诗歌创作的经验通过散文发挥出来，使得这一类个人心境告白的散文不再是"流入身边琐事的叙述和感伤的个人遭遇的告白"，避免了自我陈述时的琐碎和过分絮语化倾向，拓宽了散文诗歌般的境界，使得散文文本充满诗的崇高和灵动感。这不能不说是一种高超的精心安排，是通过跨文体性的散文诗化实现的。

第二节　现代散文诗化的内核剖析

郑振铎提出"诗的散文"的概念时说，"有一种论文或叙述文，偶然带了些诗意，我们就称它做'诗的散文'"[①]。言辞优美、篇幅短小的现代散文有些时候被称作"美文"。与散文其他样式比较，这些文章之所以被称为美文，是因为诗性的存在。"诗化散文"是有"诗性"的，更倾向于诗的审美追求。当"诗性"用最富情感的散文语言表达情意，这就渐渐步入了修辞美学的范畴。台湾学者郑明俐就曾提起过修辞美学应如何在散文里运用的问题："不仅止于使用辞格；面对辞格，我们

---

① 　郑振铎：《论或文诗》，《文学旬刊》1922 年第 24 期。

应该考虑的是如何把它放进一个结构的框架中去凸现其意义。修辞学不仅仅只是做'文'的装饰性，它应该是语言研究的原点。"①

现代散文作家为了增强散文的艺术表现力，常常有意或无意地将诗的技巧引入散文。朱自清提出了"文中有画，画中还有诗"的主张，使散文"满贮着那一种诗意"。他的散文作品也无不如此，《荷塘月色》自是散体的"诗"，有形之"画"，其他散文作品如《春》《绿》《歌声》《桨声灯影里的秦淮河》无不浸透着浓郁隽永的诗情画意，勾画出一幅幅具有惟妙惟肖的意境的画卷。

一 意境的营造

意境成了诗化散文的核心词语，境界成了诗化散文的文体追求。何为意境？意境乃形象思维的具体模式，是作家思想感情与客观景象相结合产生的一种美感境界。意象是经由作者内心的造型和思维，进一步透过文学的媒介、语言的转义借喻等产生的一种形象。所以，"意象是以心象为基础，以各种譬喻手法为表现程序的一种语言图象—转义、象征、隐喻、类比，正是构成意境的几个主要修辞途径"②。

当代著名散文家杨朔曾经精辟阐释过散文诗性理论，他谈道："不要从狭义方面来理解诗意两个字。杏花春雨，固然有诗，铁马金戈的英雄气概，更富有鼓舞人心的诗力。你在斗争中，劳动中，时常会有些东西触动你的心，使你激昂，使你欢乐，使你忧愁，使你深思，这不是诗又是什么？凡是遇到这种

---

① 郑明娳：《现代散文构成论》，台湾大安出版社，1987，第280页。
② 郑明娳：《现代散文构成论》，台湾大安出版社，1989，第71~72页。

动情的事，我就反复思索，到后来往往形成我文章里的思想意境。"杨朔说他写散文"总是拿着当诗一样写""总要象写诗那样，再三剪裁材料，安排布局，推敲字句""常常在寻求诗的意境。"① 杨朔此处所谈散文创作就是借助诗歌里的意境，来"寻求诗的意境"。在诗性散文中，作者通过情与景、情与境的结合来营造一种美的艺术境界，构成诗性散文独特的审美特征，客观上构成了散文世界的具有浪漫情怀的乌托邦情景。

传统的修辞学家一般都是将研究的重心放在修辞格上，比如比喻、比拟、对偶、排比、反复、层递、借代等，而散文的诗性首先就是从修辞借用的基础上展开和发挥的。只不过，现代诗化散文中所言的意境，不是机械单调的，而是多维修辞格和多联合性的，大多是情与景、情与思相结合的意境。清代王夫之有过辩证的论述，他的"情景说"说："情景名为二，而实不可离。神于诗者，妙合无垠。巧者则有情中景，景中情。"② 情景交融，这是我国诗性散文的传统，现代散文也大多延续如此模式。

抒情总是诗性散文的核心手法，所谓"境非独谓景物也，喜怒哀乐，亦人心中之境界，故能写真景物，真感情者，谓之有境界"，此处"境界"回归到了散文永恒的真谛——本真，就是散文的真情实感。情感是最个人化的东西，诗性散文在这点上不同于闲适散文。由于语境不同，语言艺术也体现出明显的差异，诗性散文的语言特征在于艺术境界的修辞化，即散文

---

① 杨朔：《〈东风第一枝〉小跋》，转引自余树森编《现代散文序跋选》，百花文艺出版社，1983，第190页。

② 王夫之：《姜斋诗话》卷二"夕堂永日绪论内编""一四"。王夫之著，戴鸿森笺注《姜斋诗话笺注》，人民文学出版社，1981，第72页。

语言中的诗性。爱伦堡说："旋律不是诗的专用品。旋律，这是散文的基础。每个散文家都应该有自己独特的、不因袭的音乐的调子。"而在现代散文的诗化问题上，作家们经常应用能够引起读者情绪和心境的词汇、语句和节奏。用李广田的话说，"非本体散文"中的诗性散文是表现作者个人心境的，因此，采用的也是个人化的最富有张力的修辞语言。这与闲话散文大不同，例如，现代写景抒情一类的诗化散文，采用各种修辞手法，如比喻、比拟、示现，展示生动形象的画面感，营造出诗情画意。至于如何营造生动的感染力，英国散文家约瑟夫·艾迪生说："一篇描写往往能引起我们许多生动的联想，甚至比描写的东西本身引起的还多。凭文字的渲染描绘，读者在想象力看到的一幅景象，比这个景象实际上在他眼前看见时更加生动。"

显然，何其芳的《画梦录》就是这一类诗性的散文的经典之作。何其芳是以自觉革新散文文体的挑战者姿态投入具体诗性散文创作中的，他早年以"汉园三诗人"的成员而知名，因对晚唐五代以及法国象征派艺术钟爱，而投入散文创作中，对革新散文表现形式充满主观自觉，也充满了坚定的信念。何其芳说："我的工作是在为抒情的散文发现一个新的园地。我企图以很少的文字制造出一种情调：有时叙述着一个可以引起许多想象的小故事，有时是一阵伴着深思的情感的波动。正如以前我写诗一样入迷，我追求着纯粹的柔和，纯粹的美丽。"

诗性散文在于谋求一种苦心经营的文体实验，用力求字字珠玑来形容也毫不过分。何其芳叙述自己的创作经验时说："一篇两三千字的文章的完成往往耗费两三天的苦心经营，几乎其中的每个字都经过我的精神的手指的抚摩。"①

因为篇幅的影响、诗歌因子的介入，象征、寓意的修辞也就成了诗性散文常用的法宝。梦幻、独语、孤独这些飘忽的人生主题，作为形而上的主题，也成就了诗化散文兴起，以何其芳的话说："黄昏的灯光下，放在你面前的是一册杰出的书，你将听见里面各个人物的独语：温柔的独语，悲哀的独语，或者狂暴的独语。黑色的门紧闭着：一个永远期待的灵魂死在门内，一个永远找寻的灵魂死在门外。每一个灵魂是一个世界，没有窗户。而可爱的灵魂都是倔强的独语者。"② 从中我们能看到诗化散文惯用的"独语"模式，通过一连串诗的阴暗的意象，来营造特定的氛围，用散文的诗性尝试对人的寂寞与愁苦的进行描绘。

二 修辞、韵律的使用

卞之琳认为，虚构化的小说可以容纳多样的诗意，真体验的散文体也是如此。当诗歌无力独立承担艺术任务乃至审美任务时，其他文体就浮出了水面，跨文体现象也就产生。诚如李健吾认为散文的文体形式上没有诗的凝练，没有诗的真淳，却可以有诗的境界，从文体合理结合的方向说"一首诗含有散文的成分，往往表示软弱"，但是"一篇散文含有诗意会是美丽"③。李广田引述 W. Pater 在《文体论》所说的"近世社会所给予的兴味，混沌而复杂，所以用了拘束于像韵文那样的形式，

---

① 何其芳：《还乡杂记》，林志浩编《何其芳散文选集》，百花文艺出版社，2004，第 202 页。
② 何其芳：《独语》，《画梦录》，人民文学出版社，2000，第 13 页。
③ 李健吾：《李健吾文学评论选》，宁夏人民出版社，1983，第 116、117 页。

要表现近世所发生的复杂的思想与感情，到底做不到……"

"诗的散文"毫无例外地一律使用白话，甚至生活中的口语。直白的语言使文意显豁，思想明朗。新式语言材料是新文化时期的文体产物，但文学的"音乐性"没有因为新式语言的出现而发生断流。波德莱尔在《巴黎的忧郁》中称自己的作品是"诗的散文"，并就文体的音乐属性下了明确的定义："我们当中谁没有在他怀着雄心壮志的日子里梦想过创造奇迹，写出诗的散文，没有节律、没有脚韵，但富有音乐性，而且亦刚亦柔，足以适应心灵的抒情的冲动，幻想的波动和意识的跳跃？"①

诗性散文不同于一般意义上记事写实的散文，它是散文的，但文体建构上也是属于诗的。诗性散文，大的方面而言，无论是从文章构思上，还是从章节韵律上来看都具有诗的特性。从细节上看，即便在字里行间乃至一字一句都具有诗的因子。作品的语感十分重要，文体之间的差异常常靠语感来表现。散文的语感需要说话式的质朴，散文就似说话，有时需要日常口语。诗性散文是对口语的陌生化和偏离，因此诗性散文的语感需要蕴藉含蓄的优美情愫。抒情散文是一个抒情元素的表达问题，而诗性散文必须具有"诗意的内核"，相对而言显得更具挑战性。

诗性散文在语言上表现为白话的节奏，较之诗歌，它更侧重于语言的连贯性和序列化，句与句的联结上不像诗歌语言那样具有较大的跳跃性。另外，它又不同于一般的散文语言注重事实的记叙和描写，为了适应主观抒情的需要，它的语言更精

---

① 波德莱尔：《恶之花 巴黎的忧郁》，钱春绮译，人民文学出版社，1991，第378页。

练、更灵动。因此，这种语言节奏体现为口语的节奏，既舒徐连贯，又跳宕短促。如沈尹默在《月》中写道："明白干净的月亮，我不曾招呼他，他却有时来照着我；我不曾拒绝他，他却慢慢的离开了我。我和他有什么情分？"① 叙述句的舒缓与独立句的急促，构成了强弱和谐的旋律。

当然，某种程度上也可以认为，因为韵律的运用，作家必然会去思考形式逻辑的冲突和突破口。形式上的叠复与咏叹成了"修辞诗性"的外在表现形式，也就成为一个很浅显也很明显的诗性表现。"修辞诗性"涉及语言的格律、声调的平仄和节奏的和谐，因为"一切艺术以逼近音乐为指归"。因此，"富于诗意的散文"除了需要特别的意象外，还需要一种有形无形的韵律节奏，一种音乐建筑的胸有成竹。形式匀整与流动，这是一种更"高级"的诗性散文，要达到这一点，散文作家必须具备较高的古文功底和文化修养。

三 诗的散文和散文诗

必须要着重强调的一点是，诗性散文不是散文诗，是诗性的文。在有关现代散文的文体论述里，人们往往喜欢统称富有诗意的散文为"诗的散文"或者"散文诗"，将两者混淆在一起。从文体的严格意义上区分，"诗的散文"与"散文诗"有明显不同：话语的中心词不同，两者分属不同的文体，前者可以称为诗性的散文，后者可以说是散文化的诗歌。有学者说："'诗的散文'即指那些富有诗意，不分行的、无韵律文章。……它不要求押韵，比之于'散文诗'，篇幅更长，其内容可描述更为

---

① 沈尹默：《月》，《新青年》1918 年 5 卷 1 号。

繁杂的事物和心理，更富有散文的基因。"①"诗性散文"与
"散文诗"同属抒情文体，但最重要的区别是，"散文诗"跳跃
性强，是抒写心灵与情趣波动的文体；与"散文诗"比较，
"诗性散文"诗性稍弱，无节律，无韵脚，且篇幅相对较长。
按波德莱尔有关"诗的散文"定义看，波德莱尔的《巴黎的忧
郁》、屠格涅夫的《爱之路》、泰戈尔的《吉檀迦利》、纪伯伦
的《先知》等"散文诗"有些实属于"诗的散文"，而在我国
现代散文有些惯称为"散文诗"的也多是"诗的散文"，即
"诗性散文"。

　　冰心也曾就"散文诗"和"诗的散文"进行过比较简单的
区分。她说，"无韵而冗长的诗，若不分行来写又容易与'诗
的散文'相混"②；而在此之前，作为"散文诗"的鼻祖——
法国的波德莱尔，在《巴黎的忧郁》中对"诗性散文"有过明
确的定义："我们当中谁没有在他怀着雄心壮志的日子里梦想
过创造奇迹，写出诗的散文，没有节律、没有脚韵，但富有音
乐性，而且亦刚亦柔，足以适应心灵的抒情的冲动，幻想的波
动和意识的跳跃？"

　　散文家余光中从自己的亲身创作体会得出这样的结论，他
宣称："在一切文体之中，最可厌的莫过于所谓散文诗了，这
是一种高不成低不就、非驴非马的东西。它是一匹不名誉的骡
子，一个阴阳人，一只半羊半人的 faun。往往，它缺乏两者的
美德，但兼具两者的弱点。往往，它没有诗的紧凑和散文的从

---

　　①　傅德岷等：《中国现代散文发展史》，四川教育出版社，1997，第 66 页。
　　②　冰心：《我的文学生活》，《冰心全集》（第三卷），海峡文艺出版社，
　　　　1994，第 9 页。

容，却留下前者的空洞和后者的松散"。① 余光中对散文诗的批评虽然未免主观武断，但散文诗作为"散文的诗"这一先天不足的局限性，的确限制了这一文体的发展空间。因此不论从文体积淀的厚度，还是从文体的稳定性、独立性和发展空间来看，中国的散文诗根本就无法与中国的诗性散文相比。除此之外，散文诗一般来说篇幅较短小，而诗性散文的篇幅却可长可短，题材的选择更加自由，表现的空间也更为广阔。

现代诗性散文代表作品是鲁迅的散文集《野草》。对于《野草》的文体，长期以来学界形成的定论是称其为"散文诗"。孙玉石说："《野草》是鲁迅对散文诗艺术探索的一个高峰。"而对于什么是"散文诗"，他解释道，"因为散文诗的灵魂是近于诗的，因而我们习惯把它看做是诗歌的一种形式。……过去人们往往只从形式着眼，把散文诗笼统地归于散文之列，其实是不正确的"②。孙的看法的理论支撑可能来自鲁迅本人，鲁迅也曾自称《野草》为"散文诗"，他说："有了小感触，就写些短文，夸大点说，就是散文诗，以后印成一本，谓之《野草》。"③ 不只当时，即使是后来，也仍有不少学者认为《野草》是散文，先是郁达夫将《野草》的一些篇章当作散文，在 1935 年将之编入《中国新文学大系·散文二集》，对此，鲁迅也未表示有异议；后来也有不少学者认为《野草》是散文，如林非举例说，"鲁迅的抒情散文《野草》，用瑰丽的色

① 余光中：《剪掉散文的辫子》，《连环妙计》，上海文艺出版社，1999，第 108 页。
② 孙玉石：《〈野草〉研究》，中国社会科学出版社，1982，第 258、233、234 页。
③ 鲁迅：《南腔北调集〈自选集〉自序》，《鲁迅自选集》，上海天马书店，1933，第 2 页。

彩、神奇的意境和象征的手法，写出了像诗一样凝炼、含蓄和
优美的篇章"①。俞元桂虽承认《野草》为"散文诗"，但认为
"散文诗"是散文，他说《野草》是"这样有着'诗'的色彩
的抒情散文"②。傅德岷抒写现代文学史时不仅肯定《野草》是
散文，且明确将它称为"诗的散文"，他说，"《野草》，作于北
京，系 1924—1926 年间的'诗的散文'"③。

　　《野草》的感情强烈，要表达一种不断奔突、涌动的感情，
必须借助特殊的修辞，叠复和咏叹是其中最重要的方式。可以
说，《野草》是叠复和不断咏叹的"诗的散文"。《求乞者》揭
示出社会的、人心的污浊，也表达厌恶的心情，数百字的篇幅
竟三次用了"微风起来，四面都是灰土"，极大地强化作品的
抒情力量。在文末鲁迅进一步写，"灰土，灰土……""……"
"灰土……"。这在原来的重叠上又进了一步，再加上省略号
"……"，更使作品笼罩了一层雾一样的气氛。《野草》中感叹
号"！"、问号"？"、破折号"——"和省略号"……"的使
用率非常之高，这是最富情感和语气的符号标志。因为要表达
内在孤独与复杂的情绪，语言也显得无能为力，用语言也无法
精确有力地表达，那就用重叠、省略号和感叹号等手法来表情
达意。

　　众所周知，20 世纪初，法国象征主义诗歌开启了全世界现
代主义的先声。《野草》就是借鉴了现代主义的手法，并从现
实社会出发，在个人人生体验中体悟生命哲学，并赋予其"诗

① 林非：《现代六十家散文札记》，百花文艺出版社，1980，第 5 页。
② 俞元桂：《中国现代散文十六家综论》，华东师范大学出版社，1989，
　 第 29 页。
③ 傅德岷等：《中国现代散文发展史》，四川教育出版社，1997，第 123 页。

性散文"的外在形态的代表作品。《野草》的生命哲学有两方面：一是战斗性；二是自我解剖性。以此为写作目的，文体势必也要做出一定纠正：诗歌的形式一定程度上会对文章的信息含量形成相对的制约，自由的思想也会受到形式上的约束。于是鲁迅试图运用一种新的文体，用更内在、更丰富的意蕴来覆盖表层上的内容，即是"深层生命意识"。文章善于借用诗歌的喷发热情与必要的韵律、行文行式来扩大文章容量。这有如地火，深藏在诗歌外表下的"文章"的内心给人一种别样感受。一方面，它是晦涩的，文笔简凝，立意高远。"不能直说，要用曲笔"，这些是"诗"的特质。按朱寿桐所说："所有的现代主义文学或艺术都对个人化的审美经验甚至审美臆想备加鼓励，这使得它们常常以在一般读者看来未免晦涩艰深的样态出现……"如果说象征主义是《野草》的内在表达方式，那么这部作品还以一种新的行文结构的开启、凝结，造就了一种新的散文样式。这是诗性散文对思想领域做出的最重要的贡献之一——"开启了我们中国的现代主义"①。

第三节　现代散文诗性的边界变迁

散文诗性提供了新的审美体验模式，一直延续到现代散文后期乃至当代散文创作。诗性散文得到了长足的发展，且代替了闲适散文，渐成了散文创作的主流和最大主干。过头即是不足，散文过分诗性，也会形成弊端。这种过分诗性的余弊一直延续到当代。

---

① 朱寿桐：《中国现代主义文学史》（上册），江苏教育出版社，1998，第15、16页。

与轻视诗性相反的另一种理论观点认为，散文必须"诗性"。其中一个典型就是杨朔说的把散文"拿着当诗一样写"。这固然是一种极具个性色彩的文艺美学态度，然而，生机与危机一样并存着，当散文诗性的个人化倾向慢慢朝社会功用的方向发展时，难免走向另一种集体主义，甚至为集权主义服务。从某种意义上说，这类散文适应当时社会形态与政治形态，促进了散文的发展，展现和发挥了散文的社会功用，也抬升了散文的社会地位。但是随着散文诗性的进一步拓展，散文诗性也出现了一些走不出去的弊端。尤其在具体的散文创作中，"诗性"纯粹只为单纯的"意境创造"，便走向了简单、浅层、理想的审美死胡同，连以往丰富多彩的修辞也逐渐简单单调。还出现了诗不像诗，散文不像散文的状况，凸现了诗与散文文体本性侧重选择上的混乱，出现了文体的迷失现象，散文创作渐渐陷入死寂，这一现象值得后来文体研究者给予重视。

一　"意境"的美学途径改变

散文这一文体存在的可能性是与诗歌的核心"意境"相配合的。自 1930 年代起，外部环境风云变幻，作家不可能完全作为局外人沉浸在自我的"诗意"中；那么，作为社会人，且是意识形态领域内的参与者，角色代入就具有足够的敏感性，必须参与到社会进程中去，当这种社会身份参与之风愈演愈烈时，散文的社会功能变得不可避免，从重审美求"自娱"趋向重功利、教化的砝码越来越加重。在 1940 年代的现代散文中，像出现在 1920 年代至 1930 年代为读者所接受的抒情小品已很难见到，而代之以叙事性的散文。在写法上，也往往将各种文体融为一体，加强叙事性的力度与张力。卞之琳在谈到散文创作时说："我们都倾向于写散文不拘一格，不怕混淆了短篇小说、短篇故事、短篇论述以至散文诗之间的界限，不在乎写成'四不像'，但求艺术完整。"可见叙述艺术已经在散文创作中占据重要位置，一切适合于叙事的手段、手法都可以运用到散文创作中去。

何其芳、李广田、吴伯箫等作家由抒情诗人、散文家而转变为以叙述为主的散记作家，当叙事不能满足社会的审美需要时，散文的抒情功能便试图重新回归，诗意化散文开始萌芽并呈现高涨之势。外部环境要求散文的审美观点、艺术表现形式发生变化，有参与到社会进程中去的诉求，当初的个人化诉求日益边缘化，高涨的"诗性"成了纯粹形式上的需求。

显然，这种有特殊社会需求的散文的诗性与伊始的诗性已经有了本质上的变化。散文中的诗意的精髓本应该是：深刻新颖的思想和优美充沛的情感的统一；丰富美丽的想象与耐人寻味的意境的营造；精练鲜明、富有美感的语言的运用。但是，当散文的诗性有了社会需求，唯独剩下了充沛的情感与思想，连传统的"意境"也开始发生萎缩，从多元横向的审美模式走向单元纵向的传承；抒情的方向也以鼓舞革命斗志为目的的颂歌模式为主。

散文中的"意境"的本是一种相对宽泛的文学抽象术语，"意境"作为美学范畴艺术的指向性十分明显。但是到了现代散文的后期，"意境"的指向发生了明显偏移，明确地是指含有明显的时代气质和社会功利目的，形成了"政治+诗意"这一固定模式。作家菡子在谈及创作经验时说："我极盼自己的小说和散文中，在有充实的政治内容的同时，有比较浓郁的抒情的调子，并带有一点革命的哲理，追求诗意的境界。"想法固然十分美好，但真正落实到写作中，又显得无能为力。

作家们的散文诗性设置也走入了定式，虽然当时看不出这种模式的前途，也分不出优劣。例如，杨朔散文诗性是拿散文"当诗一样写"，"常常在寻求诗的意境"①。他在《泰山极顶》篇末咏叹道："伟大而光明的祖国啊，愿你永远如日之升！"无论是主题的确立，还是主旋律的单一宣扬，都成了辅助诗性的方式。

现代散文作家的诗性散文创作还热衷于将修辞学运用在文句的雕镂上，结果反而使得行文过于刻意和造作，失去了散文应有的天然妙趣。更重要的是这种散文诗性创作发生了根本的异变：开始通篇贯穿着集体主义思想，坚决反对个人主义、私人写作。事实上好的散文确实应该包含诗的种子，只不过这种种子不是生长于精神的荒原、心灵的干枯和创作的枯竭上，也不是仅仅靠漂亮的文字，而是要植根于思想的沃土，孕育于丰饶滋润的心灵，弥漫于散文的整体构思与创作之内，进而外化为特有的美学风范。从此意义上说，可以认为散文是另一种诗歌方式。然而，后期诗性散文是硬性而强行的，它强调散文的教育功能及战斗作用，反对"纯美文""小摆设"，这时散文的路子既不同于古代散文，又与五四散文以来的传统不同，也与最初的个人化写作的左翼散文也不同。在这股社会思潮的带动下，刘白羽、杨朔、何其芳等这些昔日的文体家们都放弃了曾经的个人的、抒情的审美习惯，转而投向集体叙事的创作模式中来。在融入社会的途径中，作家由"自我"转身为"大我"，个人变成社会力量的一分子，在艺术本体与社会本体之间，作

① 杨朔：《〈东风第一枝〉小跋》，《杨朔散文选》，人民文学出版社，1978，第 220 页。

家义无反顾地倾斜向了后者。

　　杨朔曾在《投进生活的深处》一文中说："生活是一片大海，跳进去吧，跳进去吧。"顺应时代的发展需求，作家们作为文化创造者，确实是以极大的热情投入到创作中去，捕捉生活的闪光点，歌颂社会前进的步伐，进行宏大叙事。但这种趋势的扩大带来最大的弊端就是个体的价值不再被重视、被尊重，"小我"已经没有了表达的价值；只有大我、集体组织才有资格获得热烈的追捧与肯定。散文的个性化特色极度淡化，不再是抒发自我情感的手段。作家往往选择一种热烈直白的诗性，将其用简单的颂扬讴歌的模式表现出来，此时的散文理论也是为这相对简单的散文创作模式服务的。

　　现代散文的发展历史证明，诗性散文的后期与后来的文学正是顺着这条路发展的：当散文以一个纯粹抒情的时代建立为特征，就与之前的五四散文大有不同，个人化的消退，文学艺术上的审美开始淡化，赋予作者的社会角色首先是一名文化战线上的战士，其次才是一名作家。从为祖国而战到为祖国而歌，歌颂成为散文抒发感情的至尊方式，在本质上来说，散文的战斗性主要体现在对新政体建立的歌颂上。对"歌颂"方式的选择，是一种艺术手法，更是一种政治态度。比起艺术手法，政治态度甚至占据了更重要的地位。在"政治＋诗意"的模式引导下，在人人不能回避的历史情境中，作家们成为时代大合唱中的抒情歌手，诗性散文成为时代文本的样本。

二　文眼的设置技巧策略变化

　　诗性散文文体表征的显著特点就是对形式的无比重视，并在诗性叙述、诗性修辞这两种层面上加以强化。其中最明显的一点就是对"文眼""诗眼"的重视，尤其是在现代散文的后期，诗性散文中"文眼"的设置几乎成为一种模式。

"文眼"是把作品的思想与艺术辩证统一起来的"凝光点"，是散文作品艺术构思的"焦点"。在我国古典诗词领域，有"文眼""诗眼""词眼"之说。对"文眼""诗眼"的文学理论方面的研究也由来已久。清代刘熙载即在《文概》中说："眼乃神光所聚，故有通体之眼，有数句之眼，前前后后无不待眼光照映。"又说："揭全文之旨，或在篇首，或在篇中，或在篇末。在篇首则后必顾之，在篇末则前必注之，在篇中，则前注之，后顾之。顾注，抑所谓文眼也。"

至于具体创作中，历代散文家也都很重视文眼的设置，在他们的作品中，往往通过"文眼"使文章的主旨十分明确地表达出来，把读者引入一个特定的艺术境界。荀子《劝学》中的"青取之于蓝而青于蓝"；诸葛亮《出师表》中的"鞠躬尽瘁，死而后已"；龚自珍《病梅馆记》中的"穷予生之光阴以疗梅"等等都是"神光"闪烁之处，是贯穿全文的中心，是画龙点睛之笔。透过它们可以窥视文心的奥秘。归有光《项脊轩志》中的关键句，即"余居于此，多可喜，亦多可悲"。有了这个"文眼"，作者就从第一段记项脊轩的可喜转入下两段记母亲和祖母的往事的可悲，一直贯串到第六段回忆妻子的可悲，通篇中写可喜只是陪衬，主写可悲，可悲才是文眼中之"睛"，是中心，是贯穿全篇的。

文眼结构上有承上启下，有深化主题的作用。有关文眼的巧妙设置，在我国现代散文中比比皆是。如朱自清的《背影》开头"我最不能忘记的是他的背影"，就是文眼；"散文二篇"中《绿》的文眼是开头一句："我第二次到仙岩的时候，我惊诧于梅雨潭的绿了"。《荷塘月色》的文眼也是开头一句："这几天心里颇不宁静。"鲁迅的回忆散文《社戏》结尾："真的，一直到现在，我实在再没有吃到那夜似的好豆，——也不再看到那夜似的好戏了"。都是文眼设置的优秀范例。

诗性散文发展到后期，文眼的设置不再那么出彩，作家对文眼的巧思由原来的讲究技巧策略变为一种模式化的处理。以杨朔的散文为例，杨氏诗性散文尽管取材丰富，但总有一个艺术凝光点在笼罩着全篇，作品立意的主脑、构思的骨架、作品的情韵皆由此生发开来，形成特定但又单一的主题与思路。例如，他的《雪浪花》，文眼是一个"咬"字，浪花"咬"出了海岸的形状，是大自然的鬼斧神工，比如人民改造大自然也表现出创造的神奇，被称为"一字经纬"法。《荔枝蜜》中他的抒情是："蜜蜂是渺小的，蜜蜂却又多么高尚啊！"由蜜蜂联想到普通的劳动人民，他们不为自己，为别人、也为子孙后代在酿造生活的蜜，最后"我"在梦中也变成了一只小蜜蜂。《西江月》中描写黄洋界羊肠小道的文字："一根细线从断崖绝壁挂下去，风一急，好象会吹断似的，其实不是线，是一条羊肠小道。"在这段文字里，作者看似不重雕饰文字却胜似雕饰，这种雕饰是散文作家为了追求诗性，将文眼归于一点，一遍遍地复制和渲染对广大人民群众、对现实的赞颂。杨朔散文过于追求诗化的构思，融入革命的大潮，放弃了自我，丢失了诗性散文特有的美感。

三　散文创作的模式的定式

散文诗性一定程度上解放了散文的原动力，促成了散文史的一个小高潮。但是，在现代散文诗性发展中，特别是后期，抒情散文从寻求"意境"到走入"困境"，文学抒情化的"颂歌"成为惯例，开始了一条从表层的抒情性语言所表现出来的鲜明的叙事性之路，散文"诗化"这一走向在后期创作实践中越来越显示出种种弊端。

在崇尚优美典雅和表达性灵的观念主导下，现代散文家一直热衷于托物言志、借景抒情的写法，一旦这种写法形成模式之后，散文的路子就越走越窄。如果诗意化是以牺牲创作主体的自我，扼杀人作为个体的存在消解生命的本真作为代价，以一味倡导和身体力行进行实践的革命、劳动为前提，诗性散文便不可避免地显得肤浅而简单，同时又是狭窄的、虚假的，变成了一种固定模式。这自然使得散文发展走向死胡同，是没有出路的。这种模式化写作与文学的本质存在根本性上的冲突。具体表现如下。

1. 现代散文后期的"诗性"是一种浅层次的诗性。不可否认，后期散文的"诗性"，是避免散文成为政治宣传品而被迫作出的一种审美选择。但是历史的规律证明，任何政治高调的时代，同处于意识形态的文学艺术创作必定受到它的制约。而现代诗性散文的后期，其创作目的如佘树森说："既要保持颂歌的基调，又要克服前期散文创作在艺术上存在的那种直露，粗陋的弱点"。这是散文在封闭中对自我出路的一种迫不得已的选择。当时的散文创作基本被规定了表现的题材和主题，所以散文家无法直面真实的人生，散文家无法表现真实的自我，因此，后期的散文"诗性"只是一种表面的诗性——虽然表面上看是在追求诗情画意的生活画面和优美的语言，而其立足点还在于政治化的现实之上。

2. 由于"诗性"的目的是更好地表现既定的政治题材和社

会主题，所以这时期的"诗性"散文带有更多的理想化成分，许多散文成了严峻人生的诗意伪饰。散文诗意与现实的严重对立，从而导致散文自身价值的失落。在当时的散文家和散文研究者来看，"当诗一样写"首先要做的事情是"寻求诗的意境"和打动"我"的"动情的事"。那么，什么是使"我"动情的事呢？杨朔解释说："不要从狭义方面来理解诗意两个字。杏花春雨，固然有诗，铁马金戈的英雄气概，更富有鼓舞人心的诗力。你在斗争中，劳动中，生活中，时常会有些东西触动你的心，使你激昂，使你欢乐，使你忧愁，使你沉思，这不是诗又是什么。"①

　　杨朔在散文《海市》里写道："他领我去串了几家门子，家家都是古墙，十分整洁。屋子那个摆设，更考究：坑上铺的是又软又厚的褥子毯子，地上立的是金漆桌子、大衣柜；迎面墙上挂着穿衣镜；桌上摆着座钟、盖碗、大花瓶一类陈设。起初我以为是谁家新婚的'洞房'。其实家家如此，毫不足奇。我不禁赞叹着说：'你们的生活真像神仙啊，富足得很。'"可见，散文这时候的所谓"诗性"，实质上只是披上一层优美的语言外衣而已，其困局在于只注重从所设定的观念出发，不重视从文艺的来源——最真切的生活实际出发，这造成了后期诗性散文脱离现实生活，艺术效果失真。是诗性散文从高峰走向衰落的一个极其重要的原因。为了服从政治，只好削足适履，讴歌化的散文必然出现大量生活的假象，失去文学主体性的控制后，所设的假人假事必然泛滥，艺术成就必然减弱。

　　3. 诗性散文在现代散文后期开始出现"一支独大"的现

---

① 　杨朔：《〈东风第一枝〉小跋》，《杨朔散文选》，人民文学出版社，1979，第 20 页。

象。因为政治因素的加入，必然使得散文艺术性受到制约。这违背了文学创作的发展规律，在整个散文创作和评论领域造成一种排他性的观念。诗性散文"一支独大"极易形成一种固定、僵死的散文创作模式的泛滥，例如"刘白羽模式""秦牧模式"。强烈冲击着散文创作百花齐放局面的形成。散文创作形成简单化，甚至出现毫无诗味和美学风格可言的创作。这种局面必然使得散文呈现出千人一面的现象，此时的散文创作从数量上看，虽然繁荣，但已经初现了死寂的预兆。

众所周知，文学创作最忌讳自由被扼杀，一旦出现格式化倾向势必走入死胡同；一旦程序化，势必将把整个创作逐渐带入僵死的局面。其影响不仅在于同时代的散文创作，也在于创作者的积极性和灵感的发挥上。诗性散文的后期影响，不仅仅是对散文创作和理论的，更是思维上的一种限制、一种套路。这种现象与文学创作与批评的创造性、创新性是根本背离的。

结　论

　　散文是一个内容范围涵盖很广的文类，与人类生活的相关度比其他文类（诗歌、小说、戏剧）要大得多。因而，散文的创作实践与阅读接受所需要的门槛条件相对较低，并有可能导致创造与欣赏两个过程中的自觉性相对较弱。这种状况导致了两个截然相反的结果：一方面，人们能够较为容易地获得充分阅读的美学感受；另一方面，有许多人认为散文不值得如小说、诗学、戏剧学那样得到充分重视，故而散文美学的研究并不充分，多停留在经验感受层面。因而，散文虽则是 20 世纪以来创作数量最多、作者数量最多、风格最为多样、主题最为宽广的文体，但中国现当代散文审美理论体系却是较为薄弱的。

　　中国现当代散文创作实践与散文理论相伴相生，并保持相同的发展步调与兴衰节奏。在此过程中，中国散文美学形成了自己的话语体系，以深具本土特色的观念、范畴、方法、形态构建起了相对较为完整的理论体系。在此基础上，中国现当代散文美学范畴是更加具有本土性、民族性、在地性的理论形态，对其进行深入研究是现代散文批评的深化，是中国散文美学发展的必经步骤与必要过程，也是构建有中国特色散文理论的核心阶段。

一　中国现代散文审美范畴的重要理论意义

现代散文美学范畴作为文艺学领域交叉学科中的一个新生概念，自有宽广的难度。本书基于对现代散文理论中的各个核心范畴所进行的考察正是力求在这个有难度的方向上取得一定的突破，力求在梳理现代散文的文学本质、时代志趣、理论根源和美学前沿的同时，深入思考如何按照美学规律去观照散文创作中的各种现象以及创作主体与客体、本体与受体之间的关系和交互作用。本真、言志、情趣、闲适、诗性等理论范畴与现代散文的呈现样貌与发展历史具有高度相关性。这些范畴不仅深刻地反映了中国现代散文的内在特质，也为我们提供了研究现代散文美学的重要切入点。

其一，中国现代散文美学范畴反映了散文创作与社会发展之间的深刻关系。五四革命带来巨大的思想启蒙冲击，文学是由人类意识之中的不同因素组织而成的，与社会群体有关。文学的功能就是促进人类与世界的联系。而这在文学领域的体现的代表是本真，"本真"首先意味着作家意识到人是现实世界中的人，要求作家走向自我内心世界，要求作家必须在散文中真实地"自我表现"。现代文学在关注社会批评与探索的同时，也呈现出个人化、情感化的写作倾向。一方面，作家们仍然怀揣着对现代社会的深刻洞察与热忱，将笔墨聚焦于社会的批评、改造与探索之上。杂文作为这一领域的典型代表，以其独特的文体魅力和极致化的表达手法，成为记录时代变迁、剖析社会现象的锐利工具。杂文作者们以敏锐的观察力和犀利的笔触，揭示社会现象的深层次问题，发出振聋发聩的声音，以期引发读者的共鸣和反思。另一方面，随着个人意识的觉醒和文学创作的多元化发展，一种更为个人化、情感化的写作追求悄然兴起。这种写作风格不再局限于传统的"载道"之责，而是彻底转向以艺术表达为主的"性灵"书写。在这种写作倾向中，小品文作为一种短小精悍、情感真挚的文学形式，备受作家和读者的青睐。小品文以其细腻的情感描绘、生动的场景刻画和独特的个性表达，展现了作者内心深处的情感世界和人生感悟。"言志"与现代散文的"闲适"模式，共同构成了现代人格的一种独特表达。这种体现不仅仅局限于文字的表达，更是一种生活态度的彰显，一种对生活艺术化的执着追求。所有这些社会生活的巨大变化都反映在了散文创作中，更反映在了相关的散文审美范畴之中，这些范畴是外在社会变迁的直接镜像。

其二，中国现代散文美学范畴反映了现代人更加自我的生活方式与精神追求。近代以来，尤其是进入现代之后，人们越发追求一种超然物外、深远达致的情趣，这种情趣不仅体现在人们对美好事物的欣赏上，更在于对生活细节的品味与感悟上。追溯"言志"这审美范畴的精神源头时，我们不难发现晚明时期的文学风尚与西方文体中的 essay 有着异曲同工之妙。晚明的文人墨客，他们追求的是一种自由不羁的精神状态，通过文学作品表达自己的思想情感，展现个性与风采。而西方的 essay，则是一种注重个人思考、自由表达的文体，它强调作者的独立性与审美眼光。正是这两种文化背景的交融与碰撞，孕育出了现代散文中的"闲适"模式。这种模式强调的不仅仅是文字的优美与流畅，更是一种生活态度的体现。它倡导人们在忙碌的生活之余，能够拥有一颗闲适的心，去品味生活的点滴美好，感受内心的宁静与满足。古典主义的审美情怀，以其对古典文化的深厚情感和对美的独特理解，为散文注入了一种沉静、庄重而又富有内涵的美。这种美，既是对传统价值的尊重与传承，又是对现实生活的深刻反思与感悟。这种审美情怀与西方批评观念、方法的相互渗透与交融，赋予了散文独特而深刻的"诗性"特质。这种特质不仅体现在散文作品对美的追求和表达上，更体现在其独特的艺术魅力和深邃的哲学思考之中。

其三，中国现代散文审美范畴反映了中国本土创作实践、批评实践与西方散文理论的深切关联。西方批评观念方法的引入，为散文的解读与理论建构提供了更为广阔的视野和更为深入的剖析方法。它强调理性分析、逻辑推理和文本解读的重要性，使得散文作品在呈现美的同时，也能够展现出其独特的思想内涵和艺术价值。这种方法的运用，不仅丰富了散文理论的研究领域，也提高了散文理论的科学性和系统性。古典主义的审美情怀与西方批评观念方法的互动，共同构筑起了现代散文理论大厦的坚固基石。这一基石不仅为散文的创作提供了有力的理论支撑，也为散文的传承与发展指明了方向。在现代散文理论的建设中，我们应当深入挖掘古典主义的审美情怀，同时吸收西方批评观念方法的精髓，用多维度的视角对散文进行解读和建构，使其更加贴近现实生活、更加符合时代需求、更加具有艺术魅力。这将有效提高散文理论的学科地位，使散文的理论建设更贴近散文创作的本体。

二　中国现代散文审美范畴的人性探索与人学内涵

本真、言志、闲适、情趣与诗性，这五大范畴共同构成了散文对"人"的深刻强调，它们不仅是对人的生命的尊重，更是对人性中主体性的热烈讴歌。

在现代散文的语境中，这种对"人"的强调，源自五四运动以来个性解放的思潮，它如同一股浩荡的洪流，冲破了封建社会的重重樊篱，唤醒了人们对于自我价值和主体性的认知。这一强调"人"的文学观念，不仅仅是对传统观念的颠覆，更是对人性深处真实自我的追求与探索。它鼓励作家以真实、真挚的笔触去描绘人性的光辉与阴暗，去表达个体的情感与思考，从而创造出具有独特魅力的散文作品。

在当代社会，这种对"人"的强调依然具有深远的意义和价值。随着社会的快速发展，人们在追求物质生活的同时，也越来越渴望寻找精神层面的满足。现代散文作为一种重要的文学形式，通过对"人"的深入探索和表达，为人们提供了一个寻找自我、认识自我、表达自我的平台。同时，它还能够引导人们关注社会现实，思考人生哲理，促进人与人之间的交流与理解。

因此，我们可以说，现代散文中对"人"的强调，不仅仅是一种文学观念的表达，更是一种社会责任的担当。它鼓励我们去关注人性、尊重生命、追求真实与美好，为构建一个更加和谐、更加美好的社会贡献自己的力量。散文的核心是"人"，在于对人性、情感和生活的深刻洞察与表达。在散文理论批评中强调"人"，实际上是在强调散文应关注人的内心世界、情感体验和生存状态，从而实现对人性的深刻关怀。这种关怀使得散文更具人文情怀，能够更好地满足人们对美好生活的追求和向往。

此外，强调"人"在散文中的重要性，意味着散文应更多地关注人的情感、思想和生活细节。这些元素是构成散文审美内涵的重要组成部分。通过对"人"的深入挖掘和描绘，散文能够展现出更为丰富、细腻和深刻的情感世界和人性面貌，从而增强散文的审美感染力和艺术魅力。在散文理论批评中强调"人"，有助于推动散文在内容和形式上的创新。一方面，对"人"的深入挖掘和描绘可以激发作家的创作灵感，推动他们在题材、情感和表达方式上进行新的尝试和探索；另一方面，这种强调也促使散文在形式上更加注重个性化和多样化，以适应不同读者的审美需求。它不仅体现了散文作为一种文学体裁的核心价值，也反映了文学与人性之间的紧密联系。通过强调"人"，我们可以更好地理解和欣赏散文的美学价值和社会意义，推动散文在内容和形式上的创新和发展。

在现代散文的演变过程中，"人"的概念被赋予了前所未有的重要性。这一强调，虽深深根植于传统儒、道思想的精髓（儒家倡导的"修辞立其诚"，强调真诚地表达；道家追求的"法天贵真"，尊崇自然与本真）以及文学批评中倡导的"诗言志"（即文章应抒发人之真实情感）。但真正推动其显著发展的，无疑是五四运动这一历史节点。在晚明时期，一场旨在强调人之情感的"情教"运动已如火如荼地展开，其中李贽的"童心"说和王阳明的"心学"产生了深远的影响。晚明小品文的文体观念与创作实践，为现代散文文体的确立奠定了坚实的基础。进入清代，虽然"情教"运动的影响仍在延续，但随着域外文学作品的不断传入，中国传统思想与西方外来思想开始发生激烈的碰撞与融合，推动着社会各个方面的深刻变革。此时对"人"的强调，仍然受到传统道德观念的制约，人的感情必须受到"礼"的规范与约束。直至五四运动，"人"与封建礼教的绑缚才真正开始松动。在这一时期，尤为引人注目的是"人道主义"思想的引入。它强调关心人、尊重人，将"人"置于核心地位。周作人作为五四时期人道主义思想的杰出代表，在《人的文学》等作品中，明确阐述了人道主义文学观，主张文学应深入探索人的内心世界和生存状态，并将其付诸散文创作的实践。此外，郁达夫、朱自清、梁实秋、叶圣陶等散文家也在各自的散文批评或创作中，积极推崇个性与自我，充分展现了"人"的丰富内涵与多样性。朱光潜在王国维"境界说"基础之上提出的"情趣说"，受到叔本华文艺观、克罗齐表现主义美学的影响，更是强调艺术与人的关系，他认为文学创造的至高境界是世相返照与人生性情的相互契合，散文更是如此，唯有良好的性情以及广博的学识和丰富的经历互相契合，才能创作出好的散文。

"本真""诗性"的概念还受到西方思想的影响，其中主要是海德格尔哲学以及文学观的影响。当代散文研究学者陈剑晖在《现当代散文的诗学建构》一书中，对"本真"与"诗性"的概念进行了深入的探讨。他的思想深受海德格尔哲学与文学观的影响。海德格尔认为，一切艺术本质上都是诗，而诗的根源在于真理。这里的"诗"，并非传统意义上狭义的"诗歌"，而是指真理自我筹划、生成与发生的方式，即"诗性"。陈剑晖的"诗性"概念，正是基于这一理念，他倡导在散文创作中追求自由的同时，更强调人之"本真"。这里的"本真"，与海德格尔所强调的"向死而生"（面向生命可能性之终结去存在）的"本真"有所不同，它更侧重于散文创作过程中心灵的真诚与内容的真实，回归了中国散文创作和批评真与诚的要求，可以看作海德格尔哲学思想与文学观和中国传统文学批评的结合。在陈剑晖看来，散文应当是真挚情感的流露，是作者对生活的深刻体验与真实感悟。

三　中国现代散文审美范畴的主体意识与能动内涵

中国现代散文批评中"人"的强调是五四以来个性解放冲破封建樊篱的必然结果，其对当今社会仍有意义和价值，尤其在人工智能写作技术日新月异的今天，当"AI"涉足"散文"这一文学领域时，我们不禁陷入深思："AI笔下的散文，是否依然能够称之为散文？"这一疑问促使我们重新审视散文的精髓与核心。在深入探究后，我们发现，AI创作的散文之所以难以被界定为真正的散文，关键在于其中缺少了"人"的那份独特的生命体验和真挚的情感流露。我们坚信，任何对AI文学创作的过度迷信，都是对人性深刻性与复杂性的轻视。因此，我们应当保持审慎的态度，珍视人类文学作品中蕴含的情感与智慧，尤其要注重散文中的"人"。

现代散文范畴的基本核心是"人"的概念的提出，在探讨现代散文的广阔天地时，其核心要素无疑围绕着"人"这一深刻而多维的概念展开。这里的"人"，并非简单地指代生物层面上的存在，而是指一个承载着复杂情感、深刻思考和独特个性的主体。在散文的语境中，"人"之核心，即为本真——那种返璞归真、回归内心最真实状态的存在。言志，作为本真的一种外在体现，是散文作家们通过文字抒发内心情感、表达思想观点的重要方式。它不仅仅是文字的堆砌，更是作家与读者心灵沟通的桥梁，是作家将自我与世界相连接的纽带。而情趣，则作为表现目标与抒情方向，为散文注入了丰富的色彩和层次。它涵盖了作家对于生活的热爱、对于自然的敬畏、对于人性的洞察，以及对于美好事物的追求。这种情趣使得散文不仅仅是文字的艺术，更是生活的艺术，是人性与情感的交响乐章。闲适，作为本真的一种表现状态，在散文中展现为一种从容不迫、悠然自得的生活态度。它意味着作家在纷繁复杂的世界中找到了属于自己的宁静角落，能够在其中静心思考、品味生活。这种闲适不仅是对生活的享受，更是对心灵的滋养。诗性作为对本真的呼唤，为散文赋予了超越现实的浪漫主义色彩。它使得散文不仅仅是对现实的再现，更是对美好、对理想、对自由的追求和向往。这种诗性让散文成为一种具有普遍意义和永恒价值的艺术形式，能够跨越时空的界限，触动人的心灵深处的敏感之处。

在丰富多彩的文学世界中，诗与散文无疑占据了举足轻重的地位，它们都以"人"作为其灵魂与生命的源泉。然而，在这两者之间，散文以其独特的魅力，为现代人提供了一个更为亲近、更易上手的创作与欣赏的文类。诗，作为文学中的瑰宝，其深邃的意境、优美的语言和独特的韵律，无疑令人陶醉。但与此同时，诗歌的创作和欣赏往往需要较高的文学素养和审美能力，这使得一些初学者望而却步。相比之下，散文则以其平易近人、自由灵活的特点，赢得了广大读者的喜爱。散文的创作门槛相对较低，它不需要严格的韵律和格式，更注重作者的真实情感和独特见解。这使得现代人能够更容易地通过散文来表达自己的内心世界，分享生活中的点滴感悟。同时，散文的欣赏也更为简单直接，读者可以轻松地感受到作者的情感和思想，与作者产生共鸣。因此，在现代社会这个快节奏、高压力的环境下，散文成为一种更为适合现代人创作和欣赏的文类。它不仅能够满足人们对于文学美的追求，更能够让人们在忙碌的生活中找到一片宁静的天地，让心灵得到放松和滋养。

随着科技的飞速发展，互联网的普及和电子阅读的兴起，文学领域迎来了前所未有的变革。在这一变革的浪潮中，散文创作和阅读也逐渐向网络平台转移，微信、微博、QQ 空间日志等写作平台如雨后春笋般涌现，它们每天都在孕育并传播着海量的"新媒体散文"。这一转变不仅推动了散文创作的快速发展，也使其面临前所未有的转型与裂变，传统的散文美学范畴及其有效性，在这个新时代背景下，亟待我们重新审视。随着网络平台的开放性和互动性的增强，散文创作展现出前所未有的多元化与个性化倾向，如网络散文创作会更大程度地受到读者群体的影响，互联网阅读的回复、评论等功能会在一定程度上影响散文的创作，而在散文创作过程之中，作者也会更多地考虑读者的感受，这种倾向无疑为散文艺术注入了新的活力，推动了散文创作与研究的创新与发展。此外，互联网散文创作依托便捷的互联网平台，创作形式不限于文字，一篇散文往往附带着插图、音乐以及网络链接，甚至评论区也自成散文的一部分，这种现象也帮助我们思考互联网时代散文形态的多样化可能。

与此同时，散文创作的大众化趋势也日益明显。随着越来越多的人参与到散文创作中来，散文的内容更加贴近日常生活，更加关注个体情感和生命思考。这些过去可能被视为"琐碎"而不被重视的内容，如今在网络平台上找到了被书写的意义和价值。我们不禁要思考，真理是否只存在于那些所谓的"真情"和"大情"之中？实际上，"小感觉"、"小哲理"以及日常的平庸琐碎中，同样蕴藏着真理的宝藏。或者打个海德格尔式的比喻，真理的阳光不仅照亮了林中的空地，它也透过树木的枝叶，透过矮小的灌木丛，洒落在光影斑驳的每一个角落。

因此，我们不应忽视这些看似琐碎的内容，而应从中探寻真理的踪迹。网络新媒体不仅改变了散文的写作和阅读方式，还产生了新的审美可能，使文学与个人日常生活紧密结合。在这样一个充满变革的时代，散文创作与阅读正迎来新的发展机遇。我们应积极拥抱这一变革，不断探索和创新，让散文艺术在新时代焕发出更加绚丽的光彩。

总之，中国散文的现代化转型是一个不断演变的过程，它既反映了作家个体的创新精神，也映照了社会文化的宏观变迁，具体表现为其主体与客体皆体现了社会各阶层的社会身份、谋生手段、生活方式、价值观念的变化，体现着散文作家关心生命、尊重人的价值的中国现代文学传统。这种精神实质也有利于当代散文从文化边缘向相对中心的地位转移，对当代人找到人的尊严、精神的栖息也有很大的帮助。当我们深入探究并传承现代散文的优秀传统时，这无疑是对当代散文创作的一种巨大推动力。这一传承不仅能够帮助我们汲取前人的智慧，激发创作的灵感，还能确保散文这一文学形式在不断发展中保持其独特的魅力和价值。同时，对现代散文优秀传统的坚守与发扬，对于现代思想文化的建设同样具有不可估量的贡献，它能够促进文化的繁荣，提升民众的精神素养。进一步挖掘现代散文的优秀资源，更是对散文文体优势的进一步彰显。

当然，坚持传统也要大胆创新，努力把握好新媒体时代散文创作的多元化与大众化，不断推陈出新，积极鼓励探索更多适于当代人散文书写的新形式。散文以其独特的表达方式和深刻的情感内涵，能够深入人心，触动灵魂。在这样一个散文创作大众化的时代背景之下，散文更加应该发挥其独特的文体优势，担负起重建民众精神家园的历史重任。我们相信，通过散文的力量，我们能够引导人们回归内心的平静与纯粹，寻找生活的真谛与意义，共同构建一个更加和谐美好的社会。我们有充分的理由相信，在这样一个"读图时代"，尽管视觉文化占据了主导地位，但散文依然能够凭借其独特的魅力，在文学领域中展现出广阔辉煌的前景。散文不仅仅是一种文学形式，更是一种精神寄托和文化传承的载体。只要我们保持对散文的热爱和关注，继续挖掘和传承其优秀的传统，不断变革和创新新的散文创作形式，散文定能在未来的文学发展中绽放出更加耀眼的光芒！

图书在版编目（CIP）数据

中国现代散文美学范畴／姜艳著 .--北京：社会
科学文献出版社，2024.12.--ISBN 978-7-5228-4612
-5

Ⅰ. I207.65

中国国家版本馆 CIP 数据核字第 20240H3M37 号

中国现代散文美学范畴

著　　者／姜　艳

出 版 人／冀祥德
责任编辑／张倩郢
责任印制／王京美

出　　　版／社会科学文献出版社·人文分社（010）59367215
　　　　　　地址：北京市北三环中路甲 29 号院华龙大厦
　　　　　　邮编：100029
　　　　　　网址：www.ssap.com.cn
发　　　行／社会科学文献出版社（010）59367028
印　　　装／三河市东方印刷有限公司

规　　　格／开　本：889mm×1194mm　1/32
　　　　　　印　张：6.875　字　数：160 千字
版　　　次／2024 年 12 月第 1 版　2024 年 12 月第 1 次印刷
书　　　号／ISBN 978-7-5228-4612-5
定　　　价／98.00 元

读者服务电话：4008918866